요양병원 수간호사가
건네는 행복한
나이 듦을 위한 처방전

내 삶도
익어가는 중

내 삶도 익어가는 중

초판인쇄	2025년 01월 09일
초판발행	2025년 01월 15일
지은이	최승은
발행인	조현수
펴낸곳	도서출판 더로드
기획	조용재
마케팅	최관호 최문섭
편집	이승득
디자인	오종국 (Design CREO)
주소	경기도 파주시 광인사길 68 , 201- 4호
물류센터	경기도 파주시 산남동693-1 1동
전화	031-925-5364, 031-942-5366
팩스	031-942-5368
이메일	provence70@naver.com
등록번호	제2015-000135호
등록	2015년 06월 18일

정가 17,800원
ISBN: 979-11-6338-474-8 (03800)

요양병원 수간호사가
건네는 행복한
나이 듦을 위한 처방전

최승은 지음

내 삶도
익어가는 중

도서출판 **더로드**
The Road Books

인간의 삶은 희로애락의 연속이다

고명환님의 저서 『고전이 답했다』에는 프란츠 카프카의 『변신』이라는 책이 언급된다. 『변신』의 주인공인 그레고르가 어느 날 아침 흉측한 벌레로 변해버린 상황과 고명환님 자신이 교통사고를 당해 중환자실에 있을 때의 상황을 암담함이 아닌 고명환님만의 고유한 해석으로 이야기를 풀어간다. 고명환님은 그레고르가 벌레가 된 순간과 자신이 중환자실에 누워 있는 순간을 아무것도 할 수 없는 절망이 아니라 자기 자신을 재정비하는 "잠시 멈춤"의 시간이라 말한다.

쉼 없이 앞만 보며 돈을 쫓는 삶을 살아왔다는 고명환님은 자신이 자신의 의지대로 살 수 없는 벌레(중환자)가 된 후에야 비로소 이 사회와 세상에 끌려다니는 삶이 아닌 자기 자신의 목소리에 귀 기울이는 삶을 살아야 함을 깨달았다고 한다. 나는 벌레가 된 적이 없다. 하지만 벌레 같은 삶을 산 적은 있다. 감사하게도 나는 일찌 감치 나의 목소리에 귀 기울일 줄 아는 사람이었다. 다만 나의 목소리대로 살지 못했다. 나의 목소리대로 살 수 없는 상황에서는 주도적이지 못한 벌레 같은 삶을 살아야 했다. 어디선가 고통은 극복하는 게 아니라 마주 보며 견뎌야 하는 것이라는 글을 본 적이 있다. 나의 의지대로 살지 못하는 벌레 같은 삶이어도 결국 내가 살아내야 하는 삶이기에 나는 그 시간 또한 내 삶의 일부로 겸허히 받아들였다.

내 안의 목소리에 집중하는 삶은 흔들리지 않는 뿌리 깊은 나무와 같다. 타인의 성공이나 출세, 타인의 경제적 축적 등이 잠시 부러울 수는 있어도 거기에 자신의 처지를 빗대어 비관하는 어리석음을 행하지 않는다. 타인이 사는 모습을 흉내 내느라 헛된 시간 낭비를 하지 않는다. 그저 나 자신이 진정으로 원하는 바를 추구하기 위해 묵묵히 꾸준히 앞으로 나아갈 뿐이다. 나는 끼니를 걱정할 만큼 궁핍한 어린 시절을 보냈으나 삶의 목적이 돈이었던 적이 없다. 돈은 생활을 위해 꼭 필요한 것이니 일정 수준 이상 벌어야 한다. 나 역시 많이 벌고 싶고 많이 벌수록 좋다. 다만 돈 자체를 목적으로 살아가는 삶이 아니라 하고 싶은 일을 하며 돈을 벌기를 원한다. 물론 돈이 목적인 삶 또한 존중한다. 내면의 목소리가 돈을 말하고 그 목소리를 따라 노력하는 삶이라면 그 역시 값진 삶이다.

나는 아무리 노력해도 달라지지 않는 사회적 위치와 대우를 경험했다. 아무리 노력해도 나아지지 않는 현실을 경험했다. 내 안의 나는 늘 내게 당부했다. 부당한 사회 환경과 정책을 탓하며 스스로 무너져선 안 된다고. 이 사회에서 내가 하고 싶은 일을 하기 위해 필요한 건 공부였다. 하지만 시간이 지날수록 필요한 건 맹목적인 공부가 아니라 진정한 배움이라는 걸 알게 되었다. 사회에서 요구하는 자격을 갖추기 위해서는 공부를 해야 했고, 내가 원하는 가치 있는 일을 하기 위해서는 진정한 배움이 필수였다. 공부가 답이라고 생각했지만 공부를 하면서 나는 깨달았다. 삶은 배움의 연속이며 배움을 실행하는 자는 자신이 원하는 길을 결국 가게 된다는 것을 말이다.

인간의 삶은 희로애락의 연속이다. 한평생을 기쁘게만 사는 사람도, 한평생을 슬프게만 사는 사람도 없다. 인간은 희로애락을 겪으며 깨닫고 성장한다. 학교에서 배운 지식이 머릿속에서 금방 휘발되는 이유는 온전히 나의 것이 아니기 때문이다. 학문적 지식을 현장에 적용하여 몸으로 체득하는 그 순간 지식은 온전한 앎이 된다. 인간은 경험을 통해, 좀 더 정확히는 고난과 역경을 통해 자기 성찰을 하고 발전해 나간다. 단 한 번의 역경이 없이 탄탄대로를 달리는 사람이 타인의 고통을 이해할 리 만무하다. 우리가 책을 읽는 이유도 타인의 경험과 삶을 통해 또는 깊이 있는 명작과 고전의 깨달음을 통해 자신만의 올바른 길을 찾아가기 위함일 것이다.

나는 이 책에 나의 삶을 담았다. 희로애락(喜怒哀樂) 중 '노(怒)'와 '애(哀)'가 많았기에 글을 쓸 수 있었다. 현재 시점에서 성공한 사람들 대부분은 고난의 시간을 무사히 지나온 사람들이다. 위에 언급한 고명환님만 봐도 그렇지 않은가? 타고난 금수저가 아닌 이상 고통의 순간 없이 순탄하게 성공의 길에 접어든 사람은 거의 없다. 나는 부자가 되었거나 성공한 사람은 아니다. 그럼에도 나의 자서전 같은 이 책이 누군가에게는 분명 위안이 되고 현실의 고통을 견뎌낼 용기와 힘, 더 나아가 삶의 방향을 제시하는 데 미약하나마 도움을 주리라 믿어 의심치 않는다.

2025년 01월

저자 **최승은**

이 책을 읽는 독자들에게 두 가지 문구를 전하고 싶다.

勤能補拙(근능보졸: 부지런함이 모자람을 채운다.) 저자처럼 부지런히 그리고 열심히 생애 밭을 갈면 태어날 때의 남과 같지 않았던 부족함을 능히 채울 수 있다. 夏蟲疑冰(하충의빙: 여름 한 철만 사는 곤충은 겨울에 얼음이 어는 것을 의심한다.) 이 책을 완독하기 전에는 저자의 깊은 속뜻을 다 알지 못하리라.

저자의 의도와 관계없이 독자는 이 책을 읽고 각자의 걸어온 길을 돌아보고, 각자의 나아갈 길을 재정비하는 값진 경험을 하게 될 것이다.

조득상
국제미술교류대전 〈베.세.토〉 대상 수상, 유튜브 '장헌오체천자문' 운영

이 책의 저자는 함께하는 이들에게 감사함과 에너지를 주는 사람이다. 저자와 같이 일했던 경험은 잊을 수 없기에, 함께 근무한 지난날들이 그립다.

나는 이 책에서 몇 가지 삶의 자세를 배웠다. 내가 배운 점들을 스포하지는 않겠다. 저자의 특별한 능력이 어디서 왔는지 궁금하지 않은가? 16세 소녀공으로 시작한 그녀의 스토리에서 우리가 배워야 할 건 무엇인지 각자 찾아보자.

윤주호
고운마음요양병원 대표원장

저자는 모든 일에는 때가 있음을 겸손하게 받아들이고 적극적으로 행동한다면 어디에도 휘둘리지 않는 자신의 인생을 살아갈 수 있다고 말한다.

책을 읽으면 알게 될 것이다. 지금 이 순간이야말로 우리가 최선을 다해 살아야 할 때라는 것을, 나를 찾아온 슬픔도 고통도 소중한 선물이라는 것을, 자신을 구할 사람은 오직 나 자신뿐이라는 것을 말이다.

허지영
〈삶이 글이 되는 순간〉,〈나를 깨우는 책 읽기 마음을 훔치는 글쓰기〉저자

대학원에서 만난 그녀의 간호에 대한 열정은 나를 자극하기에 충분했다. 요양병원 간호사로서 환자의 회복을 위해 진심으로 고민하는 그녀의 모습은 정말 빛이 났다.

아직 버거운 체력으로 힘든 공부가 즐겁다고 외치던 그녀! '고생'이라는 이름에도 뜻이 있을거라며 정면으로 이겨낸 그녀!

항상 상대의 고민도 잘 들어주고 용기와 힘을 북돋아 주던 그녀의 따스한 마음과 행복의 기운이 뿜어나오는 책이다. 긍정의 에너지와 희망의 메시지가 담긴 이 책의 감동을 독자들도 함께 느꼈으면 좋겠다.

정진희
백석대학교 간호학과 조교수

Contents
차 례

제1장
간호사가 천직이 될 줄 몰랐다

나는 원하던
간호소무사가 되어
병원 근무를
시작했다.
첫 근무지는
수술실이었다.

제2장
인생의 마지막 길을 함께 걷는 기쁨

아버님, 저 왔어요.
너무 늦게 와서
죄송해요.
마지막 길 혼자
가시게 해서 정말
죄송해요.

요양병원은
자신이 지나온
시간을 돌아보고
자신의 삶을
갈무리하는 곳이다.

오카리나를
연주하는 이유도
사람과 함께하고,
사람과 마음을
나누고 싶어서다.
음악은 누구에게나
마음의 안정을
주는 힐링의
도구이다.

제5장

요양병원에서 내 삶도 익어가는 중이다

내 삶에 허용된
시간의 길이는 내가
어찌할 수 없지만
내 삶의 굵기는 내
의지대로 만들어갈 수
있으니, 이 얼마나
다행스러운 삶인가?

CHAPTER_01

제1장

간호사가
천직이 될 줄
몰랐다

나는 원하던
간호조무사가 되어
병원 근무를 시작했다.
첫 근무지는
수술실이었다.

1986년, 그해 겨울은 추웠다

　　매서운 바람이 불던 날, 대구행 열차에 몸을 실었다. 목구멍까지 차오르는 형언할 수 없는 감정을 애써 누르며 차창 밖으로 보이는 부모님께 손을 흔들어 보였다. 고개를 돌리기가 무섭게 서러움인지 두려움인지 모를 눈물이 하염없이 흘러내렸다. 내 나이 열여섯. 사회적, 경제적 독립이 시작된 것이다.

1986년 11월, 대구에 있는 산업체 고등학교로부터 합격통지를 받았다. 정확히는 부설 고등학교를 운영하는 산업체로부터 입사 합격통지를 받은 것이다. 당시 중학교 3학년이었던 나는 당연히 이듬해 2월 졸업식을 마친 후 입사할 것으로 생각했는데 그게 아니었다. 3학년 2학기가 끝나기 전인 12월 12일에 입사하라는 통보였다. 중학교라도 제대로 마치고 가고 싶다며 선생님께 항의했지만 소용없었다. 돌아오는 답은 "이렇게 큰 회사의 규정을 어기면 입사가 취소될 수도 있어. 출석 일수에 문제가 없으니 가야 한단다."였다. 고등학교 진학에 대한 결정권이 없었듯, 가족을 떠나는 시기에 대한 결정권도 내겐 주어지지 않았다. 내가 가족을 떠나야 하는 이유는 부모님의 부양가족 수를 줄여드려야 한다는 것, 일을 하면 고등학교는 공짜로 다닐 수 있다는 것, 그 회사가 대구에 있다는 것, 이 세 가지만으로 충분했다.

나는 경상북도 끝자락, 강원도와의 경계선에 위치한 시골 마을에서 어린 시절을 보냈다. 부모님은 부지런히 일하셨지만, 4남매를 키우면서 할아버지와 결핵에 걸린 삼촌까지 부양하기엔 역부족이었다. 속된 표현으로 똥구멍이 찢어지게 가난한 극빈층이었다. 그 와중에도 자식 교육에 열의가 있으셨던 부모님은 빚에 쫓기면서도 장남에게 올인하셨다. 2남 2녀 중 맏딸이었던 나는 살림꾼이 되어야 했고, 일하는 엄마를 대신해 집안일을 도맡았다. 게다가 학교에서 가져오라는 육성회비, 수업 준비물, 불우이웃 돕기 성금, 수학여행, 소풍 간식 등 모든 것을 오빠와 동생들에게 양보해야 했다. 때론 생활고에 지쳐 다투는 부모님의 화풀이 대상이 되기도 했다. 돈이 없으니 산업체 고등학교에 가라는 말씀에 순순히 따르는 것 외에 달리 저항할 길이 없었다. 억울한 마음이 없지 않았으나 한 번도 따져 묻지 않았다.

지금은 소녀공이라는 좀 더 다듬어진 표현을 쓰지만, 당시 우린 공순이로 불렸다. 회사는 대기업 방직공장으로 넓은 부지에 일터와 학교, 기숙사 시설까지 완벽하게 갖춰져 있었다. 방직공장 근무는 오전 6시~오후 2시, 오후 2시~오후 10시, 오후 10시~오전 6시 이렇게 3교대를 1주일씩 번갈아 가며 했다. 학교는 근무시간으로 인해 4시간 수업이 전부였다. 교과서 진도를 다 나갈 수 없으니 기초 학습 능력이 탄탄하게 쌓일 리 없었다. 게다가 3교대 근무 후 피곤함에 지친 친구들은 책상에 엎드려 자는 게 다반사였고, 선생님은 안쓰러운 마음에 깨우지 않고 두기도 했다. 나 역시 수업 시간에 집중하기 위해 애를 썼지만, 야간 근무 후 학교를 가는 날엔 밀려오는 잠을 이길 수가 없었다. 이곳의 생활을 견디지 못해 도망가는 친구가 생겨났다. 외출 허락을 받고 나간 후 돌아오지 않는 친구가 하나, 둘 늘기 시작했다. 외출을 해도 갈 곳이 없었던 나는 기숙사 내에서만 생활했다.

고속도로와 대중교통이 지금처럼 발달되기 전이라, 1년에 두 번 명절에만 회사에서 제공하는 버스를 타고 집에 갈 수 있었다. 집에 가는 날이면 다시 회사로 돌아가야 한다는 사실이 몸서리치게 싫었지만, 표현하지 않았다. 집에 남아봐야 뾰족한 수가 없다는 걸 알기에 그저 웃는 얼굴로 집을 나서야 했다. 나의 운명, 아니 팔자라 여기며 이왕이면 잘 해내자는 마음으로 공부를 열심히 했다. 학급 회장, 부회장 활동도 해 가며 꾸역꾸역 견뎠다. 그러던 어느 날 학교 담장 너머에 있던 고등학교 남학생 몇 명이 "어이, 거기 공순이 나랑 놀자."라며 키득키득 웃어대는 것이었다. 고개를 숙인 채 도망치듯 자리를 피해 기숙사를 향해 뛰었다. 그 뒤로 잊을 만하면 출몰하는 남학생의 놀림에 나의 자존감은 나락으로 떨어졌다.

점점 말수를 잃어가는 내게, 나를 아끼던 영어 선생님은 스치듯 말을 던지셨다.

"너 나이가 몇 살인데 세상 고통 다 짊어진 사람처럼 표정이 그게 뭐냐, 어깨 쭉 펴고 당당하게 걸어."

선생님의 말씀은 잠시 귓전에 머물다 이내 사라졌다. 이미 위축되어 버린 마음이 등과 어깨를 밑바닥으로 끌어내려 나의 자세는 점점 구부정해졌다. 그 시절의 습관으로 인해 지금도 나의 어깨는 움츠린 채로 굳어 있다.

방직공장의 일은 만만치 않았다. 8시간 내내 작동하고 있는 기계를 다루어야 해서, 식사 시간 30분을 제외하고는 한눈을 팔 겨를이 없었다. 오전, 오후 근무는 그래도 견딜만했으나, 야간 근무 8시간을 뜬눈으로 지새우는 건 여간 힘든 일이 아니었다. 기계를 붙잡고 졸다가 여러 번 혼이 났다. 화장실 변기에 앉은 채 잠이 들었다가 나를 찾으러 온 조장에게 들켜 쓴소리를 듣는 날의 연속이었다. 그래도 일 때문에 힘든 건 견딜만했다. 3년 내내 나를 괴롭힌 건 일에 대한 고통이 아니라 공부에 대한 좌절이었다. 비록 시골 학교였지만 공부를 제법 잘했고, 특히 수학에 흥미를 느껴 중학교 시절에는 '수학 왕'이라 적힌 트로피를 2번이나 받았다.

산업체 고등학교의 교과 과정은 일반 고등학교와 달랐다. 게다가 하루 4시간밖에 허락되지 않는 수업 시간과 국어, 영어, 수학, 과학 등의 기본과정을 다 배우지 못하는 현실은 나를 절망에 빠지게 했다. 추가 공부를 하겠다는 열의로 당시 유명했던 아이템플이라는 학습지를 신청했다. 대학 진학을 꼭 하고 싶었기 때문이다. 그러나 역부족이었다. 문제를 이해하는 능력도, 해결하는 능력도 턱없이 부족한 데다, 피로에 지쳐 잠으로 때우는 시간이 길어지면서 펼쳐보지도 못한 학습지는 쌓여만 갔다. 주어진 현실을 견뎌내는 것 외에 다른 노력을 할 여력이 없었다.

어느 날, 삶의 현장에서 고군분투하고 있는 내게 청천벽력 같은 소식이 들려왔다. 화물차로 부식 장사를 시작하신 부모님이 교통사고를 낸 것이다. 시골길을 운전하다 경운기를 들이박는 사고가 발생했고, 상대방이 많이 다쳤다는 소식이었다. 상대방을 다치게 한 것에 대한 죄책감과 감당해야 할 치료비, 합의금까지 부모님의 한숨은 늘어만 갔다. 망설일 이유가 없었다. 적금을 해지하여 송금했다. 어려서부터 살림꾼으로 자라서인지 내 몸이 힘든 상황에서도 부모님 걱정을 많이 했다. 가족을 위해 뼈가 으스러지도록 일하시는 부모님을 위해 매달 영양제를 사서 집으로 보내 드렸다. 인문계 고등학교에 진학해 열심히 공부하고 있는 오빠가 자랑스러워 종종 용돈을 건네기도 했다. 애초에 부모님의 경제적 부담을 덜기 위해 이곳으로 왔으니, 내가 가족들을 위해 할 수 있는 것이 있어서 다행이라 생각했고 나름 뿌듯했다.

산업체 고등학교를 졸업하고 나서는 회사에 그대로 남은 친구들이 훨씬 많았다. 무료로 제공하는 기숙사에 살면서 대기업에 남아 있는 게 경제적으로 엄청난 이득이었다는 걸 많은 시간이 흐른 후에야 알 수 있었다. 하지만 졸업만 하면 그곳을 벗어날 수 있다는 희망 하나로 버텨온 나였다. 대학 진학은 꿈도 꿀 수 없는 상황이었지만, 설사 대학에 합격했다 한들 학비와 생활비를 감당하기엔 수중의 돈이 턱없이 부족했다. 그나마 다행인 건 졸업 후의 계획을 경제 사정에 맞추어 미리 세워두었다는 것이다.

방 한 칸에 부엌 하나인 가장 저렴한 전세를 얻었고, 당시 꽤 비쌌던 1년 과정의 간호조무사 학원에 등록했다. 간호조무사 학원에 다니는 동안 통장의 잔고는 0을 향해 가고 있었다. 수입이 없는 지출의 여파는 컸다. 하지만 괜찮았다. 나의 자존감을 나락으로 떨어뜨렸던 그곳을 벗어났고, 1년 후 간호조무사로 취업하면 생계 문제는 해결될 일이었다. 마치 간호조무사가 되고 나면 눈앞에 펼쳐진 모든 문제가 해결될 것 같은 희망에 부풀었다. 시간이 흐르면 흐를수록 그토록 싫어했던 그곳이 내겐 안락한 집이었음을 깨달았다. 또 가족을 떠난 시점이 아니라 그곳을 떠난 시점이 진정한 독립의 시작이었음을 알게 되었다.

1986년 12월 12일은 독립기념일 같은 날이다. 내 의지와 상관없이 가족을 떠나야 했고, 낯선 곳에 던져졌다. 부모님의 그늘 안으로 두 번 다시는 돌아갈 수 없는 철저히 혼자가 된 날이다. 부모님은 내가 어찌 지내고 있는지 걱정해 줄 조금의 여유조차 가지지 못하셨다. 오랜 세월 우린 각자의 삶을 살아내기에도 힘겨운 시간을 알아서 버텨야만 했다. 돌이켜 보니, 집을 떠나오던 날 열차 안에서 흘린 눈물은 스스로 살아내야 한다는 막막한 두려움과 외로움의 눈물이었다. 하지만 두려움이나 외로움에 지고 싶지 않았기에 지금껏 살아오면서 어렵고 힘든 일에 직면할 때마다 피하지 않고 정면승부를 해왔다. 오히려 더 강인하게 응대했다. 어쩌면 그해 12월의 매서운 칼바람을 맞으며 녹록지 않은 미래의 삶을 예견이라도 한 듯, 내 안에선 이미 날을 세워 전투태세를 갖추고 있었던 게 아닐까 싶다.

〈집으로 가는 길〉

소복소복 새하얀 눈이
어제의 자취를 덮는다.

행여 길을 잃을까
헨젤이 뿌려 놓은 조약돌도, 빵 조각도
눈더미 속으로 사라진다.

사라진 길 저 너머 달콤한 과자집은
마녀의 유혹, 사악함의 미끼

싸리나무 빗질에 눈처럼 쓸려가 버려라.
쏟아지는 햇빛에 눈처럼 부서져 버려라.

움츠렸던 조약돌이 반짝반짝 고개를 들면
그 조약돌을 더듬어 집으로 갈 테다.
그저 집으로 갈 테다.

엄마 품이 그립다.
헨젤은 잠시 길을 잃었을 뿐
버려지지 않았다.

02 ● ● ●

열정을 넘어서는 간절함이 있다면

나는 원하던 간호조무사가 되어 병원 근무를 시
작했다. 첫 근무지는 수술실이었다. 책으로 보는 해부학이 아니라
현장에서 배우는 인체 해부학이었다. 모든 게 신기하고 흥미로웠
다. 신이 났다. 퇴근 후 의학 용어를 따로 정리해서 외우고, 수술
도구의 이름을 모두 암기했으며, 간호학과 학생들이 배운다는 해
부학, 기본 간호학 등의 책을 구매하여 공부했다. 내 안에 내재되
어 있던 학업에 대한 열정이 끓어오르는 순간이었다.

이런 나의 태도는 실무에서 빛을 발했다. 남들보다 빠른 업무 파
악, 급박한 상황에 맞는 임기응변으로 부서장의 신임을 독차지했
다. 비록 간호조무사의 급여는 산업체 고등학교 시절보다 낮았지
만, 개의치 않았다. 병원에서 일한다는 것만으로 좋았으며, 큰돈

을 쓸 일이 없으니, 차곡차곡 저축하는 재미가 있었다. 몇 년의 시간이 흘러 일에 익숙해지자, 만족감은 일상에 흡수되어 더 이상의 감흥이 느껴지지 않았다. 업무능력에 대한 평가 또한 이전과 다를 바 없었으며, 조직에선 내게 더 이상을 요구하지도 기대하지도 않는 것 같았다. 만족감 그 이상의 것, 나의 내면을 꽉 채워 줄 그 무언가가 필요했지만, 그게 무엇인지 그땐 정확히 알지 못했다.

1994년, 내 나이 스물셋, 이른 결혼을 했다. 산업체 고등학교를 졸업한 후 크게 달라진 게 있다면 혼자 있는 시간이 길어졌다는 것이다. 기숙사에선 여러 명이 한 방을 사용했기 때문에 늘 누군가와 함께 있었다. 산업체 기숙사를 벗어나고서야 진정한 혼자만의 시간을 갖게 되었고, 외로움이 어떤 것인지 알게 되었다. 일을 할 때는 정신없이 바쁜 시간을 보내다 퇴근 후 집에 들어가면 삭막한 공기와 함께 스산한 외로움이 온몸을 휘감았다. 가족이 그리웠다. 누구라도 좋으니 나의 말을 들어 줄 사람이 필요했다. 외로움을 해결하는 방법으로 결혼을 선택했다. 아이도 낳았다. 잠시였지만 새로운 가족이 생겨서 설렜고 외롭지 않았다.

하지만 결혼이나 삶에 대한 가치관이 정립되지 않은 채 시작한 결혼생활은 서툴고 미흡했다. 예기치 않은 사건이 발생하여 외벌이로 살림을 꾸려가기엔 버거운 상황에 놓이기도 했다. 나를 가장 힘들게 한 건 가부장적인 시부모님의 태도였다.

"옛날 어른들 말에 며느리는 내 아들보다 못 배우고 가진 거 없는 여자를 들이라 했다. 똑똑한 여자는 필요 없다. 아기 잘 키우고 남편 뒷바라지 잘하는 여자면 된다. 돈이 없으면 없는 대로 적게 먹고 적게 싸면 된다."

결혼이라는 제도는 외로움을 해결해 준 대가로 나의 무조건적인 희생을 요구했다. 결혼생활과 육아에서 오는 스트레스보다 더 심각한 건 점점 더 낮아지는 자존감이었다. 시부모님은 분가하여 살고 있는 나의 모든 외출 일정과 경제 문제에 관여하셨다. 내 인생인데 내 맘대로 할 수 있는 건 아무것도 없었다. 일거수일투족을 감시당하는 것 같은 결혼생활에 숨이 막혔다. 잠깐이라도 편하게 숨을 쉴 수 있는 공식적인 외출이 필요했다. 방법은 취업뿐이었다. 가족의 반대를 무릅쓰고 다시 병원 수술실에 취업하여 간호조무사로 일을 시작했다. 육아와 직장생활을 병행하느라 힘들었지만, 누구의 아내, 며느리, 엄마가 아닌 잃어버린 나의 이름을 찾을 수 있어 행복했다.

일을 시작하고 얼마 지나지 않아 IMF가 터졌다. 육아와 살림에 전

념하라시던 시부모님도 시대적 상황 앞에 자세를 낮추셨다. 모든 게 순탄하게 흘러가는 듯했다. 틈틈이 간호학에 관련된 공부를 하면서 열심히 일했다. 업무능력을 인정받았고, 부서장의 두터운 신임도 얻었다. 어느 날, 부서장은 '책임 간호조무사'라는 제도를 만들어 승진의 기회를 주겠노라 했다. 약속대로 부서장은 병원 측에 책임 간호조무사 제도를 건의했으나 반려되었다. 간호조무사한테 무슨 승진이란 게 있냐는 말과 함께. 내면에서 강한 반감이 치솟았다. 아무리 열심히 일한다 한들 지금의 위치에서 한 걸음도 나아갈 수 없다는 사실에 화가 났다. 기회의 불평등이 싫어 결국 사표를 냈다.

나는 달라져야겠다고 결심했다. 뭐라도 배우고 노력하여 나를 업그레이드해야 했다. 컴퓨터 자격증을 따리라 마음먹고 직업전문학교에 입학했다. 당시 고용보험 대상자는 국비로 배울 수 있는 제도가 있어 경제적 부담 없이 배울 수 있었다. 이번에도 시부모님은 공부하러 가는 나를 못마땅해하셨다.

"돈을 버는 것도 아니면서, 이까짓 거 배워서 뭐에 써먹는다고. 애나 잘 키우고 남편 뒷바라지나 잘 할 것이지."

던져진 책이 내 발 앞에 떨어졌다. 눈을 찔끔 감았다. 아무런 대꾸도 하지 않았다. 달라져야겠다는 욕구가 점점 치밀어 오를 뿐, 시부모님 말씀에 흔들리지 않았다. 컴퓨터는 내게 신세계였다. 매일 매일이 새로웠다. 타자 속도가 빨라지고 컴퓨터를 다루는 실력이 늘 때마다 스스로를 대견해하며 나를 칭찬했다. 1년 동안 워드프로세서와 컴퓨터 활용능력, ITQ(한글, 엑셀, 파워포인트), 컴퓨터그래픽 기능사 자격증을 취득했다. 막상 배워보니 컴퓨터도 별거 아니라는 생각이 들었다. 앞으로 어떤 일이라도 다 해낼 수 있을 것 같은 자신감이 생겼다.

간절히 원하면 이루어진다고 했던가. 공부가 끝난 지 얼마 되지 않아 컴퓨터 학원에 보조강사로 취업했다. 보조강사였지만 학생을 대상으로 자격증반 수업을 했고, 성인을 대상으로 인터넷 수업도 했다. 주부 인터넷이 한창 달아올랐던 시절이었다. 컴퓨터학과를 졸업한 강사에 비해 급여는 훨씬 작았지만, 가끔 그 강사가 내게 엑셀을 물어온 적도 있어서 딱히 열등감을 느끼진 않았다. 2년 가까이 만족스럽고 보람된 시간을 보내던 어느 날, 교육청에서 실사가 나왔다. 그들은 나의 학력과 경력, 자격증 목록 등을 세세하게 물어보았다. 뭔가 싸한 느낌이 들었지만, 며칠이 지나도 특별한 일은 일어나지 않았다.

평소와 같이 출근하여 책상을 청소하던 중 책꽂이에 약간 튀어나와 있는 봉투 하나가 눈에 띄었다. 교육청 발신이었다. 볼까 말까 망설이는 것도 잠시, 본능적으로 내용물을 꺼내 읽었다. OOO은 무자격 강사이니 해고하라는 통지서였다. 대학 재학 중이거나 대학 졸업자가 아니라는 이유였다. 당시 컴퓨터학원협회 이사였던 원장님은 자신이 책임질 테니 그냥 일하라고 했지만, 나는 비굴하게 일하고 싶지 않았다.

다시 원점이었다. 하지만 병원으로 돌아가긴 싫었다. 이왕 이렇게 된 거 다른 일에 계속 도전해 보기로 했다. 육아와 일을 병행하려면 근무시간이 중요했다. 나는 공무원 근무시간과 똑같은 전선 유통회사 구인 공고를 보곤 바로 달려갔다. 규모가 작은 회사여서 사장님과 1:1 면접을 봤다. 사장님은 회사 경험이 없는 나를 탐탁지 않게 여기는 눈치였다. 사장님은 내게 몇 가지 질문한 후 연락을 주겠다면서 그만 가보라고 했다. 나는 사장님의 말에 바로 일어서지 않았다.

"일만 가르쳐 주시면 잘 해낼 자신 있습니다. 제가 맘에 들지 않으면 지금 이 자리에서 거절해 주세요. 여기 답변을 기다리느라 며칠을 낭비하고 싶지 않습니다. 아니라고 하면 저도 마음을 접고 다른 회사에 면접을 보겠습니다."

그렇게 처음으로 회사 생활을 시작했다. 컴퓨터를 배운 덕분에 업무를 빨리 익혔고, 쉽게 적응했다. 2년 정도 근무를 하니 단조로운 사무 업무라 더 이상 배울 게 없었다. 일정 수준 이상의 능력을 요구하지 않으니, 발전해야 할 이유도 없었다. 경쟁하고 도약하는 직장생활을 꿈꿨건만 이곳에서도 동기부여는 일어나지 않았다. 정체된 업무만큼이나 급여도 제자리였다. '이곳 역시 몇 년을 근무한다 한들 지금과 다를 바 없겠구나. 나의 능력을 제대로 발휘하고 인정받을 수 있는 직장은 없는 걸까.'하는 고민에 빠졌다.

한 곳에서 꾸준히 일하는 것이 맞는지, 여기저기 경험하며 나에게 맞는 곳을 찾는 게 맞는지 확신이 없었다. 열심히 일하는데 늘 제자리인 이유는 무엇일까를 고민하며 사춘기 학생이 방황하듯 이곳저곳을 기웃거렸다. 의류 유통업, 화물자동차 매매업, 요식업 서빙, 자동차 부품 생산직, 보험 판매 등 다양한 일에 도전했다. 어떤 직종이든 최선을 다했고 좋은 평가를 받았지만, 일하는 만큼의 대우는 받지 못했다. 칭찬이라면 이제 듣기도 싫었다. 일을 잘한다면서, 퇴사하지 말라면서 대우는 그대로였다. 직장인의 가치는 급여로 매겨진다고 했다. 어떤 일을 해도 나의 가치는 딱 최저시

급에 멈춰 있었다. 고등학교 졸업자, 더구나 산업체 고등학교 졸업자인 내가 사회적 대우를 기대하다니. 그게 바로 허황된 꿈이었다. 사회의 냉혹한 현실을 체감하는 사이 30대 후반, 취업이 어려운 나이에 접어들었다.

결국 나는 다시 병원으로 돌아갔다. 나이가 들어도 그나마 일할 수 있는 곳은 병원이라고 판단했기 때문이다. 여성병원과 요양병원을 거쳐 최종적으로 자리 잡은 곳은 뇌혈관 전문병원이었다. 뇌혈관 전문병원을 선택한 이유는 좀 더 어려운 분야에서 깊이 있게 일을 배워야겠다는 욕심 때문이었다. 뇌출혈, 뇌경색 환자의 수술과 간호를 전문으로 하는 병원이라, 알아야 할 지식의 범위가 넓었다. 의학 용어와 약물에 대해 익히고, 같이 근무하는 간호사에게 질문해 가며 하나씩 알아가는 재미에 푹 빠져 일하는 시간이 즐거웠다. 여전히 급여의 한계는 있었으나, 신기하게도 배움에서 오는 희열은 급여에 대한 갈증을 잊어버리게 했다. 이전 병원과는 또 다른 새로운 경험과 지식에의 탐험은 나의 눈을 반짝이게 했다. 나의 의학적 호기심을 긍정적으로 바라봐주고 틈날 때마다 가르쳐 주었던 고마운 간호사 덕분이기도 했다.

일을 제대로 열심히 한 덕분에 직장동료들의 신임뿐만 아니라 환자들의 신임도 많이 받았다. 환자의 질문에 어설프게 대답하지 않앗으며, 반드시 간호사의 답을 얻어 전달했다. 환자의 사소한 요구사항까지도 진중하게 들으려 애썼고, 정확한 피드백을 제공하기 위해 노력했다. 나를 찾는 환자들이 늘어날수록 일에 대한 만족감도 커졌다. 이런 나를 늘 칭찬하고 격려했던 간호사와 밤 근무를 함께하던 어느 날이었다.

"○○야, 나는 네가 간호학과에 진학하면 좋겠어."
"제가요? 이 나이에요?"
"간호조무사는 평생을 일해도 간호조무사야, 열심히 일하는 것만으론 무언가 달라지지 않아. 너의 값어치를 올릴 수 있는 방법을 찾아야지. 너는 일머리가 좋고 일에 대한 욕심도 있잖아. 나는 네가 정말 아깝다는 생각이 들어. 간호사가 되면 책임간호사가 될 수 있고, 수간호사도 될 수 있어. 더 많은 기회를 얻으려면 공부 말고는 방법이 없어."

갑자기 심장이 쿵쾅거렸다. 마음 한구석 꺼질 듯 말 듯 응어리로 남아 있던 학업에 대한 열망이 용광로처럼 끓어올랐다. 머리로는 가정 경제를 걱정하면서도 나의 손은 이미 근거리에 있는 대학교 특별전형을 미친 듯이 검색하고 있었다. 그동안 며느리와 아내,

31

엄마라는 테두리 안에 갇혀 있던 내가 조심스럽게 세상 밖으로 고개를 내미는 순간이었다. 삶에 대한 열정을 넘어 자신의 꿈에 대한 간절함이 있다면 언젠가는 그 길로 향하는 문이 열리게 된다는 것을 깨닫는 순간이었다.

03 ● ● ●

2013년, 꿈을 향한 첫걸음을 내딛다

　　마흔셋에 대학생이 되었다. 간호학 전공책을 가슴에 꼭 끌어안았다. 졸업하면 간호사가 될 수 있다는 희망에 벅찼고, 공부하는 엄마가 되었다는 사실에 뿌듯함이 밀려왔다. 진학을 결정하기까지 순조롭지 않았다. 특히 경제적 부담이 컸다. 매월 받고 있던 급여가 중단됨으로써 흔들리는 가정 경제와 나의 대학 등록금, 기타 발생할 비용까지 현실의 벽을 허물기란 쉬운 일이 아니었다. 막막한 불안감이 엄습해 왔지만, 불도저처럼 현실을 밀어붙이기로 했다.

　　'어떻게든 되겠지. 장학금 받으면 되잖아. 지금보다 빚이 더 쌓인다고 죽기야 하겠어.'

적극적인 응원을 받지 못했고, 가족과의 갈등 또한 피할 수 없었지만, 신기하게도 속상하지 않았다. 꿋꿋하게 당당하게 입시 원서를 제출했다. 당시 근거리에 만학도 전형이 있는 학교는 딱 하나뿐이었고, 나에게 주어진 기회 역시 단 한 번뿐이었다. 나는 당연히 합격할 거라는 근거 없는 확신이 들었다. 마치 간호대학을 가는 게 나의 운명인 것처럼.

대학 입학식 날, 정장 분위기가 나도록 옷을 갖춰 입었다. 콩닥거리는 가슴을 진정시키며 입학식장을 향해 걸어가고 있는데 학생 한 명이 말을 걸어왔다.

"교수님, 안녕하세요? 입학식장에 가려면 어디로 가야 할까요?"

멋쩍고 쑥스러웠다. 예상했던 대로 나는 간호학과 학생 120여 명 중에 나이가 가장 많았다. 학기 초에는 어린 친구들과 가까워지기 위한 노력이 필요했다. 간호학과는 조별 과제가 많았다. 내게 할당된 과제뿐만 아니라 PPT 작성하기, 영상 만들기, 발표 등 어린 친구들이 부담스러워하는 부분은 거의 내가 도맡았다. 나의 컴퓨터 활용 능력은 학업과 어린 친구들과의 관계에 긍정적인 영향을 미쳤다. 배움이라는 것은 결코 우연히 얻어지는 게 아니었다. 간절한 열망으로 부지런히 갈구하며 스스로 배움의 길을 찾아가야 하는 것이었다.

하지만 배움에 대한 의지만으로 대학을 다니기엔 경제 상황이 좋지 않았다. "어떻게든 되겠지."라는 말은 어떻게든 해결해 나가겠다는 굳은 결심의 다른 표현이었다. 간호학과는 1,000시간의 실습 시간을 채워야 국가고시에 응할 수 있다. 4년제의 경우 3학년부터 실습이 시작되지만, 나는 3년제 대학에 입학을 해서 2학년 2학기부터 실습을 나갔다. 병원 실습은 오전, 오후 교대로 출근하기 때문에 일정한 아르바이트를 할 수 없다. 나는 실습이 시작되기 전까지 전 학년 등록금을 마련하겠다는 목표를 세웠다. 3년제 간호학과는 오전 9시부터 오후 6시까지 수업을 들어야 했다. 야간 근무 외에는 선택의 여지가 없었다. 나는 요양병원에 야간 전담 간호조무사로 취업했다. 주경야독이 아니라 야경주독을 시작한 것이다. 무엇 하나 수월하게 이루어지지 않는 나의 삶에 서글픈 마음도 있었지만, 간호사가 될 수 있다는 희망 하나로 버틸 수 있었다.

일을 하면서도 장학금을 받기 위해 열심히 공부했다. 그 결과, 첫 학기 성적은 전교 5% 순위 안에 들었다. 50% 장학금을 받았다. 나 자신이 대견했다. 하지만 기쁜 마음도 잠시, 모 교수님의 말씀 하나에 나의 마음은 다시 혼란에 빠졌다.

> "나이 많은 학생은 간호사 면허증을 받는 것에만 의미를 두세요. 너무 열심히 공부할 필요 없어요. 상위권 등수는 20대 젊은 친구에게 양보하면 좋겠어요."

간호학과 학생들은 대학병원에 취업하기 위해 열심히 공부한다. 회사로 보면 대기업에 속하는 대학병원 경력은 어디를 가나 인정받을 수 있기 때문이다. 지금은 대부분 제한이 없어졌지만, 그땐 대학병원에 입사 지원을 하려면 성적 조건을 갖추어야 했고, 나이 제한이 있었다. 성적이 아무리 좋아도 나는 대학병원에 원서를 낼 수 없는 처지였던 것이다.

'그래도 그렇지, 공부를 하려는 사람에게 열심히 하지 말라고?'

공부를 열심히 하고도 싫은 소리를 들어야 한다니. 격려는 못해줄망정 나의 노력마저 인정받지 못하는 상황이라니. 이 사회가 유독 나에게만 야박하게 구는 것 같았다. 하지만 이내 마음을 다잡았다. 응원 없는 삶에 익숙할 대로 익숙해진 나 아니던가. 묵묵히 나의 길을 가면 될 일이었다. 아무렇지도 않은 듯 의연하고 성실하게 학업에 전념했다. 제법 긴 시간이 흐른 후에야 교수님의 말씀이 어떤 의미였는지 긍정적으로 이해가 되었다.

"쌤(병원에서 부르는 편한 호칭)을 보면 '무소의 뿔처럼 혼자서 가라.'라는 말이 떠올라요."

야간 전담 간호조무사로 근무할 때 직장동료가 나에게 던진 말이다. 실제로 내가 좋아하는 글귀 중의 하나이기도 하다. 나는 공지영 님의 『무소의 뿔처럼 혼자서 가라』라는 소설을 감명 깊게 읽었다. 소설에는 세 명의 여성이 등장한다. 작가인 혜완, 능력 있는 커리어우먼이면서 의사와 결혼한 경혜, 영화감독인 남편의 뒷바라지에 올인하는 영선. 세 명의 여성은 대학 동창이다. 혜완은 교통사고로 아이를 잃은 죄책감과 남편의 냉대를 이기지 못하고 이혼한다. 경혜는 남편의 외도 속에서 무의미하고 형식적인 결혼생활을 유지한다. 남편의 성공을 위해 자신의 꿈을 접은 영선은 남편의 무시와 무관심에서 오는 박탈감으로 자살을 시도한다. 영선의 자살 시도를 계기로 이들은 서로의 삶을 깊이 있게 들여다보며 자신의 정체성을 찾아간다.

결혼이라는 제도 안에서 여성이 자신의 이름으로 당당하게 살아가기란 쉬운 일이 아니다. 법으로 맺어진 또 다른 관계와 육아라는 현실을 마주하는 순간 여성은 혼란에 빠질 수밖에 없다. 저자는 『무소의 뿔처럼 혼자서 가라』라는 소설을 통해 무슨 말을 하고 싶었던 걸까. 어떤 상황에서든 이 땅의 모든 여성이 자신의 고유한 모습을 잃지 않기를 바라는 마음, 예측하지 못한 역경 앞에 좌절하지 않기를 바라는 마음, 현실의 벽 앞에 주저함이 없이 무소의 뿔처럼 거침없이 뚫고 나가기를 바라는 마음이 아니었을까. 나역시 결혼과 동시에 희생을 강요당했다. 한 번도 나의 이름으로 불린 적이 없었다. 여유가 없는 가정 경제 속에서 대학 입학을 강행할 수 있었던 건 변화를 위한 도약의 발판이 꼭 필요했기 때문이었다. 더 나아가 남은 인생만큼은 오롯이 나 자신으로 당당하게 살아가고 싶은 간절한 몸부림이었다.

04 • • •

자궁암 수술을 받던 날, 내가 만난 간호사

나는 대학 졸업을 앞둔 마지막 학기에 자궁내막
암 진단을 받았다.

"다행히 초기에 발견했으니, 수술만 잘 받으면 괜찮을 겁니다.
다만 암 덩어리의 위치가 자궁내막 깊숙이 자리하고 있어서 자
궁 전체를 절제해야 하고, 혹시 모를 전이의 위험을 없애기 위
해 허벅지 안쪽에 있는 임파선을 양쪽 다 잘라낼 겁니다."

나는 의사의 말에 아무런 대답도 할 수 없었다. 어떠한 질문도 건
넬 수 없었다. 넋이 나간 사람처럼 멍하니 진료실을 나왔다. 시선
을 바닥에 고정한 채 간호사가 건네주는 종이를 들고 수납 창구

로 향했다.

"암 진단을 받으셨네요. 암 환자 등록을 해야 하니 신분증 주세요."

기계처럼 내뱉는 수납 직원의 말에 참고 있던 눈물이 봇물 터지듯 흘러내렸다. '내가 무얼 그리 잘못했나? 세상은 왜 이리 나에게 가혹한 걸까?' 원망스럽고 억울한 마음이 쓰나미처럼 밀려왔다. 감정을 주체하지 못해 병원 대기실 의자에 앉아 엉엉 울었다. 나 자신이 너무 불쌍했다. 그동안 참고 견뎌온 모든 시간이 허망하게 느껴졌다. 순탄하지 않은 내 삶에 찾아온 또 다른 불청객, 암이라는 질병 앞에 난 절망했다.

수술 날짜는 11월 말이었다. 나는 암 진단과 수술 사실을 가족 모두에게 비밀로 하고, 퇴원하는 그날까지 남편의 도움만 받겠노라 선언했다. 나를 보며 마음 아파하고 한편으로는 애처롭게 여길 가족들의 모습을 볼 자신이 없었다. 드디어 수술 당일이 되었다. 꽉 차 있는 스케줄 안에 나의 수술을 밀어 넣은 상황이어서 수술 시간이 정해진 게 아니었다. 대기하고 있다가 언제든 수술실에서 부르면 가야 한다고 했다. 새벽부터 수술 대기 상태로 기다리고 있는데, 정오가 다 되도록 부를 기미가 보이지 않았다. 간호사에게 몇 번을 물어봐도 언제 부를지 모른다는 답변만 돌아왔다. 나는 전날 밤부터 아무것도 먹지 않고 내 곁을 지키고 있는 남편에게 허기라도 면하고 오라고 등 떠밀어 보냈다. 남편이 나가고 5분쯤 지났을까. 이송 요원이 들이닥쳤다. 머피의 법칙이 발현되는 순간이었다. 좀 기다려 달라는 나의 부탁은 단칼에 거절당했다. 그렇게 나 혼자 수술 대기실로 들어갔다.

대기실에 들어서자, 불안감이 엄습해 왔다.

'가족들은 내가 수술받는 것도 모르는데. 이대로 들어갔다가 못 나오면 이제 가족들 얼굴도 못 보는데. 안 돼, 안 돼, 수술 전에 남편 얼굴이라도 봐야 해.'

이대로 수술이 시작되면 안 된다고 내면의 내가 소리치고 있었다. 밀려드는 불안에 심장이 요동쳤다. 지나가는 간호사를 붙들었다.

"남편이 잠깐 밖에 나갔는데, 수술 들어가기 전에 남편 얼굴 좀 보게 해주세요."

"다른 가족은 안 계세요?"

"제가 수술하는 거 남편 말고 아무도 몰라요. 남편 얼굴 보기 전에는 저 수술 받을 수 없어요."

"남편분 전화번호 알려주세요."

간호사는 여러 번 전화했지만, 남편이 전화를 받지 않는다고 했다. 나의 계속된 요구에 간호사는 몇 번이고 전화를 걸었다. 하지만 끝내 남편과 연락이 닿지 않았다.

"이제 더는 못 기다려요. 수술실로 들어가겠습니다."

"잠깐만요."

기적처럼 남편이 나타났다. 남편은 숨을 헐떡이며 뛰어 들어왔다. 휴대폰이 진동으로 설정되어 있어서 전화 온 걸 몰랐다고. 나중에 전화 목록을 보고 미친 듯이 달려왔다고 했다. 남편은 나를 꼭 안아주었다. 그리고 수술 들어가기 전의 내 모습을 영상에 담았다. 영화의 한 장면처럼 남편의 모습은 점점 내 눈에서 멀어져 갔다. 수술대 위는 얼음장처럼 차가웠다. 수술대 위에 양팔을 벌리고 누웠다. 내가 수없이 다루었던 수술용 무영등이 나의 복부를 비추고 있었다. '쿵쿵' 심장이 금방이라도 터져버릴 것만 같았다. 두려움을 이기지 못한 눈물은 수술모를 흠뻑 적시고, 온몸은 사시나무 떨리듯 흔들리기 시작했다. 간호사가 다가와 내 손을 꼭 잡아주었다. 거즈로 내 눈물을 닦아주었다. 한숨 자고 나면 다 끝나 있을 거라며 나를 위로해 주었다. 귀에 익은 따뜻한 목소리, 대기실에서의 그 간호사였다.

수술을 위해 전신마취를 할 경우, 수술 전날 유치도뇨관(소변줄)을 꼽는다. 대부분의 경우 수술이 끝나고 24시간이 지나면 유치도뇨관을 제거할 수 있다. 하지만 나는 소변기능이 제대로 돌아오지 않아 2주가량 유치도뇨관을 꼽고 있었다. 몇 번의 확인을 거쳐 유치도뇨관을 제거했으나, 그 이후에는 실금으로 고생했다. 한 발짝 걸음을 뗄 때마다 소변이 새어 나왔다. '소변 조절이 계속 안 되면 어떡하지. 평생 패드를 차고 살아야 하나.'라는 걱정에 잠을 잘 수 없었다. 평범한 일상이 무너질 것 같은 두려움에 몸과 마음은 점점 지쳐갔다.

입원해 있는 동안 긍정의 마인드를 끌어올려야 했다. 퇴원하자마자 치러야 할 기말고사와 2개월 후에 있을 간호사 국가고시를 포기할 순 없었다. 졸업만 하고 국가고시는 다음 해에 보는 방법도 있었지만, 나이 많은 내게 1년은 10년과도 같았다. 회복이 덜 된 몸으로 공부를 시작했다. 내 안에 장착되어 있는 무소의 뿔이 조금씩 고개를 내밀고 있었다. 포기하고 싶은 마음이 들 때면 힘이 되는 글을 찾아 읽으며 나 자신을 다독였다. 동기부여가 되는 다양한 책과 글을 매일 검색했다. 지칠 때마다 읽고 또 읽었다.

"하늘이 장차 그 사람에게 큰 사명을 주려 할 때는 반드시 먼저 그의 마음과 뜻을 흔들어 고통스럽게 하고, 그 힘줄과 뼈를 굶주리게 하여 궁핍하게 만들어 그가 하고자 하는 일을 흔들고 어지럽게 하나니, 그것은 타고난 작고 못난 성품을 인내로써 담금질하여 하늘의 사명을 능히 감당할 만하도록 그 기국과 역량을 키워주기 위함이다."

맹자의 이 글을 읽는 순간 나는 정신이 번쩍 들었다. 너 자신을 알라고 말하는 것 같았다. '하늘이 나를 고통스럽게 하는 이유는 작고 못난 성품의 소유자인 나를 인내로써 담금질하여 하늘의 사명인 간호사를 능히 감당할 만하도록 그 기국과 역량을 키워주기 위함이었구나.'라는 확신이 들었다. 맹자의 글은 암이라는 불청객을 초연하게 끌어안을 수 있는 긍정의 용기를 나에게 선사했다. 또한 세상을 바라보는 눈, 인간에 대한 이해, 삶을 대하는 태도 등에 있어 단단하면서도 겸허한 마음을 가질 수 있게 해주었다.

몸을 추스르며 수술실에서 간호조무사로 근무할 당시의 내 모습을 떠올려 보았다. 불안해하는 환자의 마음을 외면한 채 일만 하는 내가 보였다. 자궁암 수술을 받던 날 대기실에서 만난 간호사의 모습을 떠올려 보았다. 나의 부탁을 외면하지 않고 끝까지 남편에게 전화를 걸어주던 간호사. 두려움에 떨던 나의 손을 잡아주고 눈물을 닦아주던 간호사. 수술모와 마스크에 가려져 얼굴을 기억할 순 없지만, 친절한 목소리와 진심이 담긴 따뜻한 손길은 지금까지 나의 가슴에 남아 있다. 암 수술이라는 큰 경험을 통해 미래의 나는 어떤 간호사가 될 것인가, 어떤 자세로 환자를 대할 것인가에 대한 명확한 답을 찾을 수 있었다. 인생에서 일어나는 최악의 일을 인생 최고의 경험으로 바꿀 수 있는 사람은 바로 나 자신이란 걸 깨달았다.

〈안개〉

희뿌연 안개가 길을 덮는다.
시야를 덮는다.

세상은 멀쩡한데

안개에 둘러싸여 안 보이는 건지
내 눈에 안개가 끼어 못 보는 건지

희미한 안개등 하나 켜보지만
가시거리가 코앞이구나.

내 맘의 온도를 데워 걷어 볼까나
내 맘의 바람을 일으켜 걷어 볼까나

안개 덮인 세상이면 굳이 보려 말고
안개 낀 내 눈이면 어설피 속단 말자.

안개는 결국 걷히기 마련
안개 걷힌 그곳에
꿈꾸던 세상이 뽐내듯 펼쳐질지니.

간호사 면허증을 받다

세계적으로 유명한 동기부여 전문가 앤드류 매튜스는 자신의 저서 『마음 가는 대로 해라』에 이런 글을 썼다.

"꿈을 이루어 내는 사람들이 가진 공통적인 특징은 바로 훨씬 뒤처진 상황에서 시작했다는 점이다. 사람은 가능성이 희박할수록 살아남기 위해 강인한 정신력을 발휘한다. 살기 위해 발휘하는 힘은 비장의 무기이다."

나는 마흔셋에 간호학과에 입학했다. 정규입학을 한 학생들에 비하면 20년 이상 뒤처진 셈이다. 대학 입학 전 마지막 근무지는 뇌혈관 전문병원이었다. 간호부에 사표를 제출했을 당시 간호부장님은 나의 진학을 만류했다.

"마흔 중반을 넘어야 졸업하는데 굳이 그 나이에 공부를 할 이유가 있을까. 그냥 간호조무사로 열심히 일하면 되지."

나에게 대학진학을 적극 권유한 간호사를 제외하고는 말리는 사람이 대부분이었다. 살아남기 위해 몸부림치는 나의 절실함을 그들이 알 리 없었다. 그때 난 결심했다. 늦었다고 말하는 사람들에게 너무 늦은 시작이란 없다는 사실을 증명해 보이겠다고.

2016년 1월, 간호사 국가고시를 치렀다. 암 수술을 한 지 2개월 만이었다. 때론 주저앉고 싶었다. 때론 비관과 절망 속에 몸부림쳤다. 어디선가 읽은 '어떤 목표도 좌절과 방해를 겪지 않고 이루어지는 법은 없다.'라는 글귀처럼 나의 삶은 정말 그러했다. 끝까지 버티는 자가 이기는 자라고 했던가. 끝까지 버텨낸 나는 드디어 간호사 면허증을 거머쥐었다. 간호사 면허증을 받던 날, 나는 벅차오르는 감동을 넘어 온몸에 퍼지는 환희의 전율을 느꼈다. 철인 3종 경기를 무사히 마친 느낌이었다. 마라톤 풀코스를 완주한 느낌이 이런 것일까 싶었다. 중요한 것은 목표를 이루는 것이 아니라, 그 과정에서 '얼마나 많은 것을 배우고 성장했느냐'일 것이다. 고통을 통해 나는 더 단단해졌다. 무슨 일이든 다 해낼 것 같은 용기와 희망이 샘솟았다. 나의 머릿속은 미래에 대한 설렘으로 가득 찼다. 이룩을 위한 활주로에 당당하게 서 있는 내가 보였다.

병원은 3차 병원, 2차 병원, 1차 병원으로 나뉜다. 3차 병원은 가장 높은 수준의 의료서비스를 받을 수 있는 곳으로 대학병원과 상급종합병원이 포함된다. 1차 병원은 일반의 또는 전문의가 개원한 의원으로 가장 낮은 수준의 의료서비스를 받을 수 있다. 2차 병원은 1차 병원과 3차 병원의 중간단계에 해당하며, 정밀한 검사와 전문화된 의료 장비를 경험할 수 있는 곳이다. 졸업반이 되면 지도교수님과 진로상담을 하게 된다. 어린 친구들은 성적에 맞추어 어디든 원서를 낼 수 있지만 나이 많은 나는 그럴 수 없었다. 지도교수님은 요양병원과 정신병원을 권유했다. 3차 병원은 나이 제한에 걸리고, 2차 병원은 입사 하더라도 적응이 어려울 것이라고 했다. 나는 욕심이 났다. 해보지도 않고 포기하는 건 더더욱 싫었다.

다른 교수님을 찾아갔다. 평소 나에게 애정 어린 조언을 해주셨던 분이니 도움을 주실 것 같았다. 교수님은 상급종합병원 간호부장님을 소개해 주셨고, 입사원서를 내기 전에 미리 만나볼 수 있는 자리까지 만들어 주셨다. 간호부장님과의 1:1 만남의 자리는 곧 면접과 같았다. 나는 입사 의지를 표명했다. 이미 병원 문화에 익숙하여 금방 적응할 수 있다는 자신감을 표현했다. 환자를 대하는 마음가짐이 남다르다는 것을 어필했다. 간호부장님은 포근한 표정으로 나의 얘기를 끝까지 들어주셨다.

"입사원서는 얼마든지 받겠지만 심사위원이 여럿이라 합격 여부는 장담할 수 없어요. 대화를 나누어 보니 개인적으로는 탐나는 사람이지만, 조직 전체를 본다면 나 역시 결정이 쉽지 않아요. 우리 병원에서도 나이 많은 신규 간호사를 채용해 봤는데 1명도 성공하지 못했어요. 간호계는 서열이 강한 조직이라 어린 간호사의 지시를 받아야 하는데, 다들 못 견디고 퇴사했어요. 그리고 무엇보다 기존 직원들이 너무 불편해해요. 신입 직원도 중요하지만, 병원 입장에서 보면 기존 직원이 좀 더 중요하니까요"

그랬다. 간호부장님은 교수님의 부탁이라 어쩔 수 없이 나를 만난 거였다. 심사숙고 끝에 입사 지원 자격에 제한이 없는 300병상이 넘는 재활전문병원에 원서를 냈다. 결과는 서류 탈락이었다. 상급 종합병원뿐만 아니라 내가 원하는 병원조차 나에게 기회를 주지 않는 현실에 직면한 것이다. 진로에 대한 고민이 깊어졌다. '나는 왜 상급종합병원 또는 규모가 큰 병원에 가고 싶어 하는가?'를 나 자신에게 질문해 보았다. 첫째, 늦은 출발이지만 일을 광범위하게 제대로 배우고 싶은 욕심, 둘째, 늦은 나이에도 상급종합병원에 적응할 수 있다는 걸 보여주고 싶은 욕심, 이렇게 두 가지였다. 그게 전부냐고 내면의 나에게 다시 물었다.

"나의 능력을 테스트해 볼 기회마저 박탈당하는 게 자존심이 상해. 모두가 불가능하다고 말하지만 난 열심히 일해서 꼭 수간 호사가 되고 싶거든. 내가 수간호사가 되었을 때, 내게 상급종 합병원 경력이 없다는 걸 알고 사람들이 무시할까 봐 걱정돼."

나는 간호사로 출발도 하기 전에 미래의 인정욕구에 매달리고 있었다. "상급종합병원 경력이 없는 간호사는 아무래도 아는 게 별로 없지."라는 주변의 말에 휘둘려 다가오지 않은 미래의 내 모습을 걱정하고 있었다. 내면의 소리를 들으며 나는 깨달았다. '아, 나는 진정한 자기 존중이 없는 사람이구나.'라고. 자기 존중이 없는 사람은 자신의 못난 내면이나 결점이 드러날까 봐 갈등의 본질을 외면한다고 했다. 그게 바로 나였다는 것을 깨닫는 순간, 진로에 대한 나의 고민은 사라졌다.

외부로부터의 인정이 중요한 것이 아니라, 내가 꿈꾸는 진정성 있는 간호사로서의 가치 실현이 우선임을 그새 잊은 것이다. 늦은 출발은 불가항력적인 현실이다. 내 힘으로 어찌할 수 없는 현실과 싸우는 건 어리석은 짓이다. 나는 현실을 받아들였다. 지금 일할 수 있는 곳에서 간호사로서 마땅히 해야 할 일에 집중하고 하늘의 뜻을 기다리는 것, 진인사대천명(盡人事待天命)의 교훈을 실천하기로 했다. 간호사 면허증을 받으며 벅차올랐던 감동의 순간을 기억하고, 질병의 고통과 아픔으로 힘들어하는 이에게 따뜻한 위로를 건네는 간호사가 되겠다던 초심을 잃지 않으리라 다짐했다.

06

그래, 요양병원으로 가자

나는 나를 받아주는 정신병원에 취업했다. 첫 근무지는 폐쇄병동으로 가끔 Acting out(자신이 느끼는 감정이나 분노를 행동으로 표출하는 것을 의미함.)이 발생하는 경우를 제외하고는 업무 흐름이 정적인 편이었다. 정신과적 이상행동을 조절하기 위해 꾸준히 약물복용을 한 환자들은 큰 이벤트 없이 반복적인 일상생활을 하고 있었다. 폐쇄병동의 특성상 간호사의 업무 요구도는 낮았다. 다양한 환자군을 경험하며 열정적으로 업무를 배우길 원했던 나는 정신병원에 적응하지 못했다.

상급종합병원은 못 가더라도 급성기 병원을 경험하고 싶은 욕구가 다시 올라왔다. 용기를 내어 척추·관절 전문병원에 입사했다. 하루에 10건 이상의 수술이 이루어지는 병원이라 역동적인 에너지가 필요했다. 수술 후 환자의 회복을 돕기 위해 항생제와 진통제, 영양제 등 정맥주사로 투여해야 할 약물이 많았다. 수술 환자의 상처를 치료하는 드레싱 건수도 많았다. 업무는 정신없이 바빴지만 살아있는 느낌이 들었고 일하는 것 같았다. 어느 날 깍두기 머리에 덩치가 큰 남자 환자가 입원했다. 보통은 수술 들어가기 전날 오후 근무 간호사가 수술 전 준비로 정맥주사를 시행한다. 그런데 무슨 까닭인지 수술 당일 아침까지도 이 환자의 정맥주사가 시행되지 않은 것이다. 이유인즉 정맥주사를 두 번 실패했는데 환자의 반응이 무서워 접근을 못 한 것이었다. 지금까지 다양한 경험을 하며 살아온 나는 사람이 두렵지 않았다. 나는 내가 하겠다며 선뜻 나섰다. 환자의 표정은 험악했다.

"딱 한 번만 찔러요!"

"그렇게 되도록 노력하겠지만 100% 장담할 순 없습니다. 혹시 제가 실패하더라도 이해해 주세요."

"자신 없으면 하지 마요! 주사 맞는 사람이 얼마나 긴장하는지 알긴 해요?"

"네, 압니다. 저도 자궁암 수술 받을 때 많이 맞아 봤거든요. 하지만 주사를 놓는 간호사도 긴장한답니다. 특히 환자가 화를

내면 심장이 두근거리고 떨려서 두 번째 주사도 실패할 가능성
이 높아져요. 그래서 저는 주사 맞을 때 '몇 번을 찔러도 좋으
니 편하게 놓으세요.'라고 말해줬어요."

다행히 정맥주사는 한 번에 성공했다. 환자는 정말 기뻐했다. 알
고 봤더니 환자에겐 주사 공포증이 있었다. 험한 얼굴로 한 번에
성공해 달라고 말하니 다들 긴장되고 무서워서 회피한 것이다. 환
자는 퇴원하는 날까지 나를 보며 웃어주었다. 자기를 피하지 않고
아무렇지 않게 응대해 준 나를 최고의 간호사라고 칭했다. 나는
근무하는 내내 열심히 뛰어다녔다. 모든 환자에게 진심을 다했다.
시간이 지날수록 휴무를 보내고 출근하는 나를 반갑게 맞아주는
환자가 늘어났다. 나는 행복했다.

환자와의 관계는 내가 노력한 만큼 결과가 나타났다. 하지만 직장
동료와의 관계는 그렇지 않았다. 특히 20대, 30대 간호사와의 관
계는 정말 어려웠다. 그들은 나를 투명 인간 취급했다. 업무적으
로 지시하는 말 외에 어떤 말도 걸지 않았으며, 눈도 마주치지 않
았다. 먼저 다가가서 말을 걸면 단답형의 대답으로 끝냈다. 기존
직원들이 너무 불편해한다던 상급종합병원 간호부장님의 말이 떠
올랐다. 취업이 되더라도 적응이 어려울 거라던 교수님의 말도 생

각났다. 일은 시간이 지날수록 익숙해졌지만, 직장동료와의 관계는 시간이 지날수록 거리가 멀어졌다. 외톨이가 되어가는 것 같아 서러운 마음이 들었다.

"그럼, 그렇지, 나이 많은 사람은 결국 적응 못해."라는 말을 듣고 싶지 않았다. 나를 다독이고 달랬다. 하지만 환자는 1~2주 후면 퇴원을 하지만, 직원은 퇴사하기 전까지 함께 부대껴야 한다. 평소 공감과 소통을 중요시하는 내가 삭막한 관계를 견디기란 여간 어려운 일이 아니었다. 힘든 마음을 꾹꾹 누르며 버티던 어느 날, 친한 친구가 카톡으로 보내 준 '오늘의 좋은 글'을 읽게 되었다. 친구는 내게 도움을 주고 싶어 했다.

"우리는 사실 타인에 대해 관심이 없다. 우리는 남의 일에 대하여 말은 해도 실제로는 관심이 없는 것이다. 그 관계가 우리에게 기쁨이나 만족을 준다든지, 우리를 따뜻하게 보호해 줄 때만 관심을 갖는다. 그러나 관계가 우리에게 불쾌한 걱정이나 불안을 준다면 주저하지 않고 그 관계를 포기한다. 우리가 만족하고 있는 동안에만 관계가 존재하는 것이다."

'맞아, 그들은 나에게 관심이 없지. 나 혼자 억지로 관계를 만들려고 애쓰는 것일 뿐. 나에게 불쾌함과 걱정, 불안을 주는 관계를 굳이 유지할 필요가 있을까.'라는 생각이 들었다. 인간은 누구나 자기 자신이 제일 중요하다. 나의 몸과 마음이 건강해야 타인을 돌볼 여력도 생기는 법이다. 불편한 마음은 말과 행동으로 표현될 가능성이 크다. 결국 업무에 영향을 미칠 수도 있다는 의미이다. 관계에 대한 생각을 정리하고 나니 마음이 다소 홀가분해졌다. 나는 앞으로 내가 돌보게 될 환자를 위해, 나 자신을 위해 퇴사를 결정했다. 적응하지 못했다는 사실이 꼭 실패를 의미하는 것은 아니라고 스스로를 위로하면서 말이다.

더 이상 고민하지 않기로 했다. 망설임 없이 요양병원에 입사했다. 요양병원의 분위기는 친근했다. 직원들은 먼저 말을 걸어주고, 사사로운 일상을 챙겨주었다. 일은 할 만한지, 불편함은 없는지, 힘들지 않은지 물어봐 주었다. 근무하는 직원의 연령대가 높은 편이라 공감대 형성이 수월했다. 간호조무사로 근무했던 경험이 있어서인지 업무에 빨리 적응했다. 이전과 달라진 점이 있다면 환자를 관찰하는 나의 시야가 넓어졌다는 것과 엄청난 무게의 책임감을 느끼게 되었다는 점이다. 간호조무사로 근무할 때는 간호사의 지시를 받으며 일을 했기에 마음이 편했다. 주어진 업무를 잘 해내어 일 잘한다는 소리를 들었다. 그땐 그저 즐겁게 일하면서 나름 자부심까지 느꼈었다. 그런 내가 간호사가 되어 지난날의 내 모습을 떠올리니 피식 웃음이 나왔다. 겨우 눈앞에 보이는 근시안적 업무를 하면서 일 잘한다고 으쓱거린 모습이라니. 민망함과 부끄럼이 밀려왔다. 동시에 깊이 있게 환자를 관찰하고 진정으로 환자를 위하는 간호사가 되리라 또 한 번 다짐했다.

가끔 요양원과 요양병원을 구분하지 못하는 사람을 만난다. 요양원은 치료가 아닌 돌봄을 제공하는 시설이다. 이에 비해 요양병원은 치료와 돌봄이 동시에 이루어지는 곳이다. 요양병원의 치료는 상급종합병원의 치료와 그 의미가 또 다르다. 상급종합병원의 치료는 질병의 원인을 찾기 위한 각종 검사와 처치, 수술 등 질병 치료를 위한 적극적인 치료를 말한다. 반면 요양병원에서의 치료는 보존적 치료이다. 보존적 치료란 질병의 궁극적 원인을 해결하는 치료가 아니라, 현재 나타나는 증상을 치료하면서 호전을 기대하는 치료를 말한다. 통증을 줄이는 약물 투여, 주사 치료, 운동치료, 교정요법, 물리치료 등이 여기에 해당된다. 이러한 특성으로 인해 요양병원에는 노인성 질환자, 만성질환자, 외과적 수술 후 회복 기간에 있는 환자, 의학적 치료와 요양을 동시에 필요로 하는 환자 등이 입원한다.

요양병원에 계신 분들은 대부분 노인 환자들이다. 모두 누군가의 어머니고 아버지다. 각 가정마다의 피치 못할 사정으로 가족과 함께 지내지 못하고 병원에서 생활하는 분들이다. 가끔 상태가 호전되어 집으로 퇴원하는 분이 있지만, 대부분 장기간 입원 생활을 한다. 하루 이틀 출근하다 보면 어느새 어르신들과 가족처럼 가까운 사이가 된다. 때론 가족보다 더 애틋한 사이가 된다. 나는 다양한 호칭을 사용했다. 어르신, 아버지, 어머니, OOO님, OO 오빠, OO 언니, 이모, 삼촌 등 상황에 맞게 불러드렸다. 어르신들도 마찬가지였다. 선생님, OOO 간호사, 이쁜이, 똑순이, 때로는 어이, 어떤 날은 당신 딸의 이름으로 나를 불렀다. 나는 가족의 포근한 사랑에 대한 기억이 거의 없다. 아주 어렸을 적 기억은 지워졌고, 일찍 독립한 탓에 나는 늘 혼자였다. 그래서일까. 나를 보며 기다렸다는 듯 좋아해 주는 어르신들이 참 좋았다.

"어제 쉬는 날이었어? 안 보여서 섭섭했어. 안 오면 안 온다고 말하고 가."

요양병원에 계신 모든 분들이 나의 부모님 같았다. 어르신들은 출근하는 나를 기다렸다는 듯 환한 얼굴로 반갑게 맞아주셨다. 밥은 먹었는지, 어디에 사는지 궁금해하셨다. 나의 안부를 먼저 물어봐

주셨다. 치매가 심해 나를 알아보지 못하는 어르신도 사람을 반가워하는 건 마찬가지였다. 어느 순간 쉬는 날이 되면 내가 어르신들이 궁금해졌다. 어르신들의 말투와 표정, 인지 저하로 인한 이상행동까지 병원에서의 여러 상황이 머리에 그려졌다. 신체 컨디션은 어떤지, 어떤 행동을 하고, 어떻게 지내고 계실지 걱정이 되었다. '아, 내가 있어야 할 곳은 바로 여기구나.'라는 확신이 들었다. 어르신들과의 만남이 마치 운명처럼 느껴졌다. 나는 어르신들을 돌보는 요양병원 간호사의 길을 걷기로 했다.

07

간호사가 천직이 될 줄 몰랐다

나는 1971년생이다. 베이비붐 세대에 태어났다. 베이비붐은 출생률의 급상승기를 말한다. 우리나라의 베이비붐 세대는 1955년생에서 1974년생까지라고 한다. 나는 작은 시골 마을에서 초등학교와 중학교를 다녔다. 작은 시골 학교지만 한 학년 당 3~4개 반이 있었고, 한 반에 학생은 60명 정도였다. 인구가 많아서였는지 그 자그마한 시골에 보건소가 있었다. 정확히는 보건지소였겠지만, 당시 마을 사람들은 보건소라고 불렀다.

초등학교 3학년 때쯤으로 기억한다. 어느 날 물놀이를 하다가 손가락을 다쳤다. 치료를 받기 위해 처음으로 보건소에 갔다. 그곳에는 하얀 가운을 입은 나이 많은 남자 의사 선생님이 있었다. 그 옆에는 머리에 흰 캡을 쓰고, 하얀 치마 원피스를 입은 간호원

(1987년부터 간호사로 바뀜) 언니도 함께 있었다. 얼마나 아팠는지, 치료를 어떻게 받았는지에 대한 기억은 전혀 없다. 어린 나의 마음을 순식간에 사로잡은 건 하얀 옷을 입은 간호원 언니였다. 그냥 눈이 휘둥그레졌다는 표현이 딱 맞을 것이다. 다친 손가락을 치료해 주는 간호원 언니의 옷차림, 얼굴, 부드러운 손길까지 그날의 경험은 나의 뇌리에 강렬하게 박혔다. 나는 그날 결심했다. 하얀 가운을 입고 아픈 사람을 치료해 주는 예쁜 간호원 언니가 되겠다고.

어린 시절 나는 대중매체를 거의 경험하지 못하고 자랐다. 집집마다 TV가 있던 시절이 아니었다. 그나마 형편이 나은 이웃집에 TV가 있었지만, 서로 보겠다고 몰려가는 사람들 틈에 끼이지 못했다. 눈에 보이는 것 말고는 경험할 수 없는 그 시절에 내 눈으로 직접 의사와 간호원을 본 것이다. 마치 하늘에서 보내 준 사람, 딴 세상 사람처럼 보였다. 의사를 보았지만, 의사가 되고 싶다는 생각은 전혀 하지 못했다. 내가 여자이니 여자가 하는 간호원이 되어야 한다고 생각했다. '그때 만일 의사가 되겠다는 꿈을 꾸었더라면 지금의 나는 의사가 되었을까?'라는 생각을 가끔 한다.

초등학교 시절엔 아침마다 전 학년이 운동장에 모여 조회를 했다. 새로 오신 선생님 소개, 반장, 부반장 임명장 수여, 각종 대회에서 입상한 상장 수여, 모범 어린이 표창장 수여 등을 했다. 마지막에는 항상 교장선생님 훈화를 들었다. 어느 날 교장선생님은 앞으로 고학년을 대상으로 '나의 꿈 발표'를 시키겠다는 말씀을 하셨다. 당시 나는 초등학교 5학년이었다. 담임 선생님이 나를 불렀다. 조회 시간에 '나의 꿈 발표'를 해야 하니 준비하라는 것이었다. '맞다. 나의 꿈이 있었지.' 까마득하게 잊고 있었던 나의 꿈, 간호원이 되겠다고 결심하던 그날의 내가 기억 저편에서 허겁지겁 뛰어오고 있었다.

1~6학년까지 거의 1,000명 가까이 되는 전교생을 앞에 두고 발표를 했다. 원고지에 꾹꾹 눌러쓴 나의 꿈을 또박또박 읽어 내려갔다. 그날의 나는 떨지 않았던 걸로 기억한다. 선생님께서 발표라고 생각하지 말고 책을 읽듯이 그냥 읽으면 된다고 알려주셨기 때문이다. 내용 중에 기억나는 문장이 하나 있다. 나는 불쌍한 사람을 무료로 치료해 주는 착한 간호원이 되고 싶다고 썼다. 그날의 나를 회상하니 미소가 지어진다. 어린 시절의 내게 사회적 약자를 위한 봉사의 마음이 있었다니. 대견하고 기특하다.

사람은 누구에게나 자신만의 꿈이 있다. 그 꿈을 간직한 채로 살아가는 사람이 있고, 그 꿈을 이루기 위해 노력하는 사람이 있다. 나는 꽤 오랫동안 꿈을 간직한 채로 살았다. 지난 시간 내 인생은 마치 엉켜버린 실타래 같았다. 힘든 상황에 직면할 때마다 '나는 왜 이리 운이 없는 걸까.'라는 생각에 속상했다. 애쓰면 애쓸수록 더 엉켜버리는 현실 앞에 절망했던 순간도 있었다. 그럼에도 나는 주저앉지 않았다. 그동안 내가 견뎌온 모든 시간은 나의 꿈을 이루게 하는 소중한 밑거름이 되어 주었다.

"단지 내게 운이 따르지 않을 뿐이야. 하지만 누가 알겠어? 어쩌면 오늘 운이 닥쳐오는지. 하루하루가 새로운 날이 아닌가. 물론 운이 따른다면 좋겠지. 하지만 나로서는 그보다는 오히려 빈틈없이 해내고 싶어. 그래야 운이 찾아올 때 그걸 받아들일 만반의 준비를 하고 있게 되거든."

어니스트 헤밍웨이의 소설 『노인과 바다』의 주인공이 한 말이다. 돌이켜보니 나는 어느 한순간도 허투루 산 적이 없다. 살림꾼으로 자랐던 어린 시절, 아무것도 모르는 철부지였지만 그저 고생하는 엄마를 위해 집안일을 열심히 했다. 산업체 고등학교에서는 스스로 살아내야 했기에 일하면서 공부하는 힘든 과정을 잘 견뎌냈다. 사회에서는 적절한 자격을 갖추지 못했다는 이유로 인정받지 못했지만, 주어진 업무에 내가 할 수 있는 최대의 역량을 쏟아부었다. 사무를 보고, 화물차를 팔고, 자동차 부품을 찍어냈다. 컴퓨터를 가르치고, 의류 유통을 하고, 요식업 서빙을 했다. 그리고 간호조무사로 가장 오랜 기간 일했다. 이 모든 시간은 배움과 깨달음의 과정이었다. 의도하지 않았지만 언젠가 찾아올 운을 받아들이기 위해 나는 만반의 준비를 하고 있었던 것이다.

나는 간호학과 진학을 마음먹기 전까지 내가 간호사가 되리라는 생각을 하지 못했다. 간호조무사로 열심히 일하긴 했으나, 성장의 기회를 주지 않는 사회를 탓하며 살고 있던 나였다. 내 안에서 끓어오르는 무언가를 느낄 때면 이것저것 기웃거려보는 생활을 반복하고 있던 나였다. 내가 간호사가 될 수 있었던 건 나만 아는 그것, '내 안에서 끓어오르는 그 무언가'를 유일하게 알아봐 준 고마운 간호사 덕분이었다. 그녀는 나의 내면 깊숙한 곳에 힘없이 웅크리고 있던 나의 꿈을 일으켜 세워주었다. 나이와 환경 탓을 하는 건 비겁한 자의 변명이라고 했다. 지금까지 열심히 살아왔으니 시작하기만 하면 지나온 삶 또한 빛날 것이라 했다. 나는 반드시 간호사가 되어야 하는 사람이라고 했다.

"한 송이의 국화꽃을 피우기 위해 봄부터 소쩍새는 그렇게 울

없나 보다. 한 송이의 국화꽃을 피우기 위해 천둥은 먹구름 속
에서 또 그렇게 울었나 보다.”

서정주 님의 〈국화 옆에서〉라는 시를 읽으면 꼭 내 삶 같다. 나는
마흔여섯에 간호사가 되었다. 어릴 적 꿈꾸던 하얀 가운을 입은
간호원 언니가 된 것이다. 간호조무사가 아닌 간호사로 처음 일을
시작했을 때 '좀 더 일찍 간호학과에 진학했더라면.'하는 아쉬움
이 있었다. 그동안의 모든 경력을 내려놓고 간호사 1년 차로 새롭
게 출발해야 하는 현실이 갑갑하게 느껴졌다. 하지만 이내 마음가
짐을 달리했다. 나를 늦은 나이에 간호사가 되게 한 어떤 이유가
있지 않을까. 책 속의 이론이 아닌, 긴 시간 일상의 경험으로 깨닫
게 한 깊은 이유가 있지 않을까. 아마 일찍 간호사의 길을 걷기엔
나의 자질이 턱없이 부족한 까닭이었을 것이다. 그런 나라서 고통
을 통해 인내를 배우고, 자신을 다듬어 가는 과정이 꼭 필요했을
것이다. 아픈 사람의 몸과 마음을 두루 살필 줄 아는 진정성 있는
간호사가 될 수 있게 이끌어 주기 위함이었을 것이다.
간호사가 되어 정신병원과 척추·관절 전문병원에서 환자를 만났
다. 지금은 요양병원에서 매일 어르신들을 뵌다. 비록 끝까지 적
응하지 못하고 퇴사했을지언정 근무하는 동안 환자를 대하는 나

의 태도는 진정성 그 자체였다. 삶의 고난과 질병의 고통을 경험한 나는 환자의 심신 상태를 파악하는 것이 어렵지 않았다. 환자는 간호사의 따뜻한 말 한마디에 힘을 얻는 존재였다. 나는 환자가 호소하는 신체의 고통을 덜어주고, 더 나아가 진심으로 쾌유하길 바라는 마음과 위로의 말을 전했다. 친절함과 진심은 어디에서나 통하는 법이다. 병원에서도 일보다는 사람이 먼저였다. 간호는 돌봄이다. 돌봄이란 관심을 가지고 보살피는 것을 의미한다. 정해진 프로토콜에 따라 일을 잘하는 것도 중요하지만, 사람에 대한 관심과 이해 없이는 진정한 간호를 제공하기 어렵다.

살아가면서 누군가에게 위로가 되는 사람은 훌륭하고 잘난 사람이 아니다. 우리는 자신과 비슷한 사람, 때론 자신보다 더 어렵고 힘든 경험을 한 사람에게서 공감과 위로를 얻는다. 내가 환자의 고통을 이해하고, 환자의 마음을 잘 읽을 수 있게 된 건 경험으로 터득한 공감의 기술 덕분이다. 어느 순간 타인의 아픔을 함께 나누고, 그들의 삶 속에서 울고 웃는 간호사로 살아가는 것이 나의 숙명처럼 느껴졌다. 나를 늦은 나이에 간호사가 되게 한 이유는 사람을 끌어안을 줄 아는, 한 송이 진정한 간호사꽃이 되라는 하늘의 뜻이라고 생각한다. 그렇게 간호사는 나의 천직이 되었다.

〈그녀 이야기〉

햇살 따뜻한 벤치에 앉아
사색에 잠긴 듯
책 속에 빠져드는 상상을 해

지나가던 잘생긴 오빠 내게 반해
모두가 부러워하는
캠퍼스 커플이 되길 꿈꾸지.

꿈이 뭐야?
뭐가 되고 싶어?
우린 어떤 사람이 될까?
어떤 모습으로 살게 될까?

두 손 꼭 잡고
초롱초롱한 눈을 바라보며
미래를 그려가는
가슴 벅찬 설렘을

느끼고 싶었어

완전 유치하지?
나에게도
소녀 시절이 있었지만
소녀는 없었어

풋풋한 여대생이길 원했지만
여대생이 아닌
만학도, 아줌마였지

난 좀 전투적으로 살았어.
소녀 시절부터
먹고 사는 걸 해결해야 했거든.

한때 나를 갉아 먹고
타인에게 날을 세우는
낮은 자존감 땜에 힘들었지만
그 또한 나를 다듬어가는 과정이었어.

감사하게도 지금은

삶과 사람에 대해 겸손해졌어.

부족한 나를

좋은 사람이라 말해주는 분들 덕분이지.

그래서 더 나은 사람이 되려고 해.

내가 꿈꿨던 소녀, 여대생은

세월에 묻혀 꿈으로 남았지만

내가 꿈꾸는 깊이 있는 중년

풍요로운 노년은 만들 수 있을 것 같아.

눈물 나게 감사하다는 말은

이럴 때 쓰는 건가 봐.

제2장

인생의
마지막 길을 함께
걷는 기쁨

아버님, 저 왔어요.
너무 늦게 와서 죄송해요.
마지막 길 혼자
가시게 해서 정말
죄송해요.

오늘도 안아드릴게요

사회에서는 개인을 따라다니는 수식어가 있다. 검사, 판사, 변호사, 의사, 간호사 등 직업이 그 사람을 대표한다. 사회적 지위도 함께한다. 사장, 부장, 과장, 대리, 사원 등 지위에 따라 대우가 달라진다. 퇴직한 이후에도 개개인은 여전히 사회적 호칭으로 불리기도 한다. 하지만 요양병원에 입원하는 순간, 이러한 수식어는 모두 사라진다. 질병과 죽음 앞에서 인간은 비로소 평등해지는 것이다. 요양병원에 입원해 있는 모든 환자를 우리는 '어르신'이라 부른다. 때로는 아버님, 어머님이라 부른다.

어렸을 적 우리 집은 대가족이었다. 할아버지, 부모님, 두 명의 삼촌, 우리 4남매까지 아홉 식구였다. 할아버지는 막걸리를 좋아하셨다. 어느 날 이웃 아저씨가 나를 불렀다. 할아버지가 약주에 많이 취하셨으니 모셔가라는 것이었다. 그날 할아버지는 나의 작은 어깨에 기대어 집에 오셨다. 집에 도착할 때까지 할아버지는 알아듣지 못할 말씀을 늘어놓으셨다. 말씀 중간중간에 꺼이꺼이 우셨다. 눈물이 많았던 나는 이유도 모르고 같이 울었다. 집에 들어서자마자 잠이 드신 할아버지는 이튿날 새벽에 돌아가셨다. 초등학생인 손녀의 자그마한 어깨에 기대어 우시던 할아버지는 당신의 죽음을 예측하셨던 걸까. 글을 쓰는 이 순간, 할아버지의 마지막 모습이 떠올라 가슴이 뭉클해진다.

나는 어려서부터 어른들을 좋아했다. 이웃집 아저씨, 아주머니, 그리고 할머니, 할아버지를 볼 때면 가까이 뛰어가서 큰 소리로 인사를 했다. 만날 때마다 몇 번이고 인사했다. "아이고, 고놈 인사 한번 잘하네."라는 어른의 칭찬을 듣는 게 좋았다. 어린 시절의 기억 덕분일까. 요양병원에 계신 모든 어르신이 어린 시절 내가 좋아했던 어른들 같았다. 어르신 한 분 한 분께 "아버님, 어머님, 안녕하세요."라고 인사하는 순간이 그냥 좋았다. 모든 어르신이 나의 엄마, 아빠, 나의 할머니, 할아버지처럼 느껴졌다.

늙으면 아기가 된다는 말처럼 어르신들은 모두 아기가 되어 있었다. 미워하려야 미워할 수 없는 덩치 큰 아기가 되어 나의 손길을 기다리셨다. "안녕하세요."라는 말 한마디에 활짝 웃으셨다. 때로는 내 손을 붙잡고 놓지 않으셨다. 당신 말 좀 들어보라며 못 가게 하셨다. 구축이 심하여 움직일 수 없는 분은 눈으로, 표정으로 말씀하셨다. "오늘도 왔구나."라고. 언제부터인가 나의 인사 방법이 저절로 바뀌어 있었다. 병실에 들어서며 큰 소리로 "어머님, 아버님, 잘 주무셨어요?"라고 인사한 후 침상마다 들러 어르신의 손을 잡아드렸다. 앉아 계신 분들은 다정하게 안아드렸다. 딱히 이유는 없었다. 내 마음이 그리하라고 시켰다. 표정이 굳어 있는 어르신께는 여쭤보았다. "어르신, 제가 안아드려도 될까요?" 활짝 웃으시며 두 팔을 벌리는 어르신을 보면 흐뭇했다. 말없이 고개를 끄덕이시는 분을 보면 마음이 짠했다. 흐뭇함과 짠함은 다른 색깔의 감동이고 행복이었다.

요양병원에는 80세 이상 고령의 어르신이 많다. 나이가 많다고 모두 알츠하이머병 치매 증상이 있는 건 아니지만, 아무래도 인지가 또렷하신 분보다는 치매 증상이 조금이라도 있는 분이 대부분이다. 뇌혈관성 치매를 앓고 있는 분도 많이 계신다. 치매 어르신의 경우 치매의 정도에 따라 대화의 가능 범위가 달라진다. 중증도 이상의 치매가 아니라면 차분한 설명과 함께 대답을 기다려주면 어지간한 대화는 가능하다. 하지만 일을 하다 보면 바쁜 업무를 처리하느라 어르신의 말을 끝까지 듣지 못하는 상황이 발생한다. 또 어르신의 말에 영혼 없이 대답하고 피드백을 하지 않은 채 퇴근하기도 한다.

평소와 다르지 않은 어느 날, 침상마다 들러 인사하는 나를 어르신 한 분이 손짓으로 부르셨다. 80대 후반의 연세에도 불구하고 인지 상태가 매우 양호한 어르신이었다.

"어머님, 안녕하세요. 잘 주무셨어요?"

"아니."

"어머나, 왜요? 어디 편찮으세요?"

"어제 나한테 다시 온다고 해놓고 왜 안 왔어?"

아뿔싸, 전날 어르신이 부르는 소리에 "좀 있다가 다시 올게요." 하고선 까맣게 잊은 것이다.

"아, 어머님 죄송해요. 제가 어제 일이 너무 바빠서."

핑계를 대는 것 같아 더는 말을 이을 수가 없었다.

"며느리가 전화를 안 받아. 무슨 일이 있는 것 같아. 전화 좀 해 줘."

어머님은 늘 며느리를 기다리셨다. 당신의 아들은 퉁명스러운데 싹싹한 며느리가 들어와서 좋다는 말씀을 자주 하셨다. 며느리 또한 거의 매주 방문하다시피 했다. 올 때마다 어머님이 좋아하는 음식을 손수 만들어 왔고, 항상 직원들 것까지 챙겨오는 보기 드문 며느리였다. 그런 며느리가 전화를 받지 않자 어머님은 매우 불안해하셨다. 나는 간호사실로 돌아와 바로 전화를 걸었다. 며느리는 건강 문제로 수술을 받고 병원에 입원 중이었다. 몸이 좀 더 회복되면 어르신께 전화를 드린다고 했다. 바쁜 일이 생겨 2주 후에나 찾아뵐 수 있다고, 연로하신 시어머니 걱정하시지 않게 잘 말해달라는 부탁을 했다.

어르신은 나의 말을 곧이곧대로 믿지 않으셨다. 당신의 며느리는 아무리 바쁜 일이 있어도 그리 오랫동안 안 올 사람이 아니라고 하셨다. 며칠 내 전화를 주기로 했다는 나의 말에 안도의 한숨을 쉬셨으나, 여전히 걱정의 눈빛이 가득하셨다. 나는 불안해하는 어르신의 두 손을 꼭 잡았다. 나의 죄송한 마음이 두 손을 통해 전해지기를 진심으로 바랐다.

"어머님, 어제 어머님을 다시 뵙지 않고 퇴근해서 정말 죄송해요."

"어제 한숨도 못 잤어. 며느리는 전화를 안 받고. 팀장이 다시 온다고 해서 기다렸는데 오지를 않으니."

"다른 직원한테라도 부탁하지 그러셨어요."

"다른 직원은 더 바쁘잖아. 여러 사람 귀찮게 해서 뭐해."

평소에도 배려가 몸에 밴 어르신이었다. 가끔 상태가 안 좋아져서 항생제를 맞을 때도 "괜찮아, 이제 갈 때가 됐지. 너무 오래 살았어."라고 하시며 평정심을 잃지 않는 분이었다. 늘 당신 자신보다 남을 더 생각하는 분이었다. 다른 직원들을 귀찮게 하지 않으려고 혼자 끙끙 앓으셨다고 생각하니 나 자신이 죄인 같았다. 내가 어르신의 말씀에 소홀하지만 않았어도 어르신이 밤새 잠을 설치지는 않았을 텐데. 너무나도 죄송한 마음에 어찌할 바를 몰랐던 지난날의 경험이다.

내가 병실에 들어갈 때마다 침상 난간을 흔들어대는 남자 어르신이 계셨다. 뇌혈관성 치매 환자로 편마비가 있는 분이었다. 어르신은 대화의 내용은 이해하셨으나, 말로 표현하는 데 어려움이 있었다. 말할 때 부정확한 발음으로 더듬거리셨다. 하지만 천천히 집중해서 들으면 어떤 내용인지 파악할 수 있었다. 어르신은 말을 더듬을 뿐, 인지 저하가 심한 분이 아니었다. 침상 난간을 흔드는 어르신의 행동은 당신의 요구사항을 해결해 달라는 신호였다. 리모컨이나 휴지를 달라는 말, 휠체어에 옮겨 달라는 말, 옷을 갈아

입혀 달라는 말의 다른 표현이었다.

요양병원은 간병인 1인이 6명의 환자를 돌보는 경우가 많다. 간병인 1인이 어르신 6명을 돌보기란 쉬운 일이 아니다. 업무에 바쁜 간병인은 종종 어르신의 말을 무시하거나 임의대로 해석해 버리곤 한다. 당신의 말에 귀 기울이지 않는 간병인을 보며 어르신은 어떤 마음이었을까. 스스로 움직일 수 없는 현실을 받아들이기까지 얼마나 힘이 들었을까. 당신의 말을 들어줄 사람이 올 때까지 기다리는 시간은 또 얼마나 길게 느껴졌을까. 안타까운 마음에 내가 제일 먼저 하는 일은 침상 난간을 흔드는 어르신의 손을 꼭 잡아드리는 것이었다. 손을 잡는 순간 어르신의 표정은 편안해진다.

미국 캘리포니아대학교 심리학과 명예교수이자 심리학자인 앨버트 메라비안이 발표한 메라비안의 법칙이 있다. 상대방에 대한 인상이나 호감을 결정하는 데 있어서 목소리는 38%, 보디랭귀지는 55%의 영향을 미치는 반면, 말하는 내용은 겨우 7%만 작용한다는 이론이다. 즉, 효과적인 의사소통에 있어서 말보다 비언어적 요소인 시각과 청각에 의해 더 큰 영향을 받는다는 것이다. 스킨십은 신체적, 정신적 스트레스를 감소시키는 힘이 있다. 우는 아기를 달래는 건 엄마의 따뜻한 포옹이다. 사랑하는 연인은 사랑의 표현으로 서로 포옹을 한다. 살아가면서 힘든 일을 당했을 때 말없이 꼭 안아주는 포옹 속에는 "괜찮아, 내가 있잖아. 힘내."라는 의미가 함축되어 있다.

병원에 계신 어르신들도 젊은 시절 뜨거운 포옹을 했던 분들이다. 살아오는 동안 겪어야 했던 숱한 위기를 서로 꼭 안아주며 견뎌낸 분들이다. 비록 신체는 늙고 인지력은 떨어졌을지언정 인간의 감정은 쇠퇴하지 않는다. 간혹 거칠고 폭력성이 강한 어르신은 접근이 어려웠지만, 지금껏 나의 포옹을 거부한 어르신은 단 한 명도 없었다. 어르신들은 모두 스킨십에 메말라 있다. 어르신의 손을 잡고 눈을 바라보는 것은 정말 쉬운 일이지만, 실행하는 사람은 드물다. 포옹하는 것은 더더욱 그렇다. 생각해 보라. 나이 드신 부모님을 꼭 안아드린 날이 언제였는지.

욕창에 진심입니다

　　　오복이란 인간이 삶에서 얻을 수 있는 다섯 가지 복을 일컫는 말이다. 장수하는 것, 재산이 넉넉한 것, 몸이 건강하고 마음이 편안한 것, 덕을 좋아하는 것, 편안한 죽음을 맞이하는 것을 통틀어 오복이라 한다. 몸과 마음이 쇠퇴한 노인에게 남은 복은 편안한 죽음을 맞이하는 것이다. 인간에게 신체의 노화는 불가항력적이지만, 노화되어 가는 모습은 사람마다 다르다. 불현듯 요양병원에 계신 어르신들이 마지막까지 누려야 할 이곳만의 오복이 있다는 생각이 들었다. 입으로 음식을 섭취하는 것, 낙상을 경험하지 않는 것, 욕창이 생기지 않는 것, 구속(묶는 것)당하지 않는 것, 편안한 죽음을 맞이하는 것, 이 다섯 가지를 요양병원의 오복이라 칭하고 싶다.

인간이 삶에서 얻을 수 있는 오복을 다 누리고 살 수 없듯, 요양병원에서의 오복 또한 모두 누리기는 어렵다. 어르신의 상태에 따라 콧줄을 통해 음식을 제공해야 할 때가 있다. 움직임이 많은 어르신은 항상 낙상의 위험이 따른다. 침상에 누워있는 시간이 길어지면 욕창 발생 가능성이 커진다. 생명유지 장치를 손으로 빼거나 타인을 때리는 경우, 구속당하기도 한다. 주무시듯 편안하게 돌아가시면 좋겠지만, 마지막 순간까지 고통을 겪는 분도 있다. 어르신 모두가 오복을 누릴 수는 없겠지만, 최대한 평안하실 수 있게 도와드리는 것이 우리의 의무라고 생각한다.

요양병원에서 콧줄과 신체 구속은 필요에 따라 행해지는 것이지만, 낙상과 욕창은 사고로 분류한다. 가장 빈번하게 발생하는 사고는 낙상이다. 근육이 약해지고 신체기능이 떨어졌다고 해서 자발적으로 움직임을 멈추는 사람은 없을 것이다. 어르신 또한 마지막까지 자신의 의지대로 움직이길 원한다. 스스로 움직이는 어르신을 일일이 따라다니기는 어렵다. 눈으로 잘 본다고 해서 모든 낙상이 예방되지 않는다. 어르신의 허리춤을 붙잡으러 가는 사이 이미 넘어져 버리기 때문이다. 이에 비해 욕창은 좀 달리 접근할 수 있다. 욕창은 의료인과 간병인이 얼마나 노력하느냐에 따라 발생률의 차이가 현저해진다. 나는 모든 어르신이 몸은 쇠약해졌어도 임종의 마지막 순간까지 깨끗한 신체를 유지할 수 있기를 바란다.

욕창은 한 번 발생하면 완치하기까지 오랜 시간이 걸린다. 또한 환자에게 심한 고통을 준다. 4~5년 전 등과 어깨, 엉덩이, 다리 등 전신에 퍼진 욕창으로 고생한 어르신이 있었다. 내가 입사했을 때 어르신은 이미 시한부 판정을 받은 상태였다. 가족들은 오늘, 내일 돌아가실 날만 기다리고 있었다. 어르신의 욕창 드레싱을 마치는데 최소 30분이 걸렸다. 어르신은 욕창 상처에서 줄줄 흘러나오는 고름과 지독한 냄새 때문에 1인실에 홀로 계셨다. 당시 어르신의 욕창 치료를 하려면 방호복을 입고 마스크와 장갑을 껴야 했다. 병실 문을 여는 순간, 마스크를 뚫고 들어오는 악취는 나의 정신을 혼미하게 했다. 비위가 약하지 않은 나였지만 때로는 구토 증상이 날 정도였다. 가족들은 더 이상 면회를 오지 않았다. 돌아가시면 연락을 달라고 했다. 욕창 때문에 어르신의 신체가 썩어가고 있었다. 어르신은 알고 계실까. 당신의 몸이 이런 모습이라는 걸. 어르신을 지켜보던 가족의 마음은 어땠을까. '만일 내 부모님의 마지막 모습이 이렇다면' 생각만으로도 눈물이 났다. 나는 결심했다. 요양병원에 계신 어르신들이 욕창을 경험하지 않게 최선을 다하겠다고.

76세 남자 어르신이 내가 근무하는 병동에 입원했다. 대구에 있는 요양원에서 3년간 생활하셨다고 한다. 어느 날 어르신에게 욕창이 생겼다는 소식을 들은 딸이 요양원을 방문했는데, 아버지의 욕창은 뼈가 훤히 보일 정도로 심각한 상태였다고 한다. 어르신이 입원하던 날, 근무자는 나였다. 어르신의 딸은 내게 간곡히 부탁했다. 아버지가 이제는 집으로 퇴원할 수 없다는 걸 알기에 이곳에서 돌아가실 때까지 편하게 계셨으면 한다고. 단 욕창 때문에 돌아가신다면 너무 슬플 것 같다고 했다. 아무것도 요구하지 않을 테니 욕창만 낫게 해달라고 했다.

"아버님의 욕창은 뼈가 보이는 4단계입니다. 아버님은 항상 누워 계셔야 하는 상황인데, 욕창이 있는 부위는 엉덩이에요. 계속 눌릴 수밖에 없는 부위이지요. 최선을 다하겠지만 확답을 드릴 수는 없습니다. 하루에 두 번 치료하면서 한 달에 한 번 경과를 알려드릴게요."

어르신은 스스로 할 수 있는 게 없었다. 식사할 때 침상 머리를 올려서 앉아 있는 시간을 제외하고는 항상 누워계셨다. 대소변을 기저귀로 받아내고, 2시간마다 자세 변경을 해드려야 했다. 밥도 일

일이 떠먹여 드려야 했다. 다행인 건 병원에서 제공되는 식사를 남김없이 잘 드신다는 것이었다. 일단 영양상태가 받쳐주면 욕창의 호전 가능성이 높아진다. 나는 딸에게 전화했다. 아버님의 영양상태를 더 끌어올리면 욕창 치료에 도움이 될 것 같다고. 하루에 한 번 고단백 캔을 드시게 하자고 권유했다. 고단백 캔은 비급여 품목이라 보호자가 비용을 부담해야 했다. 딸은 흔쾌히 승낙했다. 함께 근무하는 동료들 또한 같은 마음으로 노력했다.

나는 간병인이 바뀔 때마다 환자에 대한 정보를 주고 반복적인 교육을 했다. 2시간마다 체위변경이 이루어지도록 끊임없이 관찰하고 격려했다. 하루에 두 번 성심을 다해 소독하고 치료했다. 어르신의 욕창 크기는 서서히 작아졌다. 안에서 살이 차올랐다. 어르신의 욕창이 나아가는 과정을 지켜보며 나는 엄청난 보람과 희열을 느꼈다. 어르신의 욕창이 완치되기까지 1년 8개월이라는 시간이 걸렸다. 딸은 아버지의 엉덩이가 완전히 메워진 모습을 보고 감동의 눈물을 흘렸다.

40대 젊은 남자가 엉덩이에 생긴 욕창을 치료하기 위해 입원했다. 그는 교통사고 후유증으로 하반신이 마비되어 휠체어를 타고 다녔다. 하반신에 감각이 없으니 불편함을 호소할 일이 없어 발견이 늦어졌다고 했다. 집에서 생활하는 그는 모든 것을 스스로 해결한다고 했다. 휠체어에 옮겨 앉을 때도 도움을 거부했다. 자신의 힘 없는 다리를 손으로 들어 끝까지 혼자 휠체어를 탔다. 욕창은 2단계였고 그리 심하지 않았다. 나이가 젊으니 회복 속도도 빨랐다. 나는 그와 잠시 대화를 나눴다.

"생활이 많이 불편할 텐데, 스스로 다 해결하신다니 정말 대단하세요."

"첨엔 힘들었지만 다 적응하게 되더라고요. 제가 운동을 했던 사람이라 힘은 좋거든요."

"혹시 어떨 때 가장 힘든지 물어봐도 될까요?"

"마비는 받아들였는데, 마비된 내 몸에서 어떤 일이 일어나는지 알지 못하는 거요. 욕창도 그래요. 엉덩이는 내가 볼 수 없잖아요. 엄마한테 도움을 요청할 일이 있었는데 그때 엄마가 말해줘서 알았어요."

그는 욕창 치료를 위해 우리에게 엉덩이를 보여야 하는 순간이 몹시 수치스럽다고 표현했다. 사람은 누구나 숨겨져 있는 자신의 신체가 드러날 때 부끄러움을 느낀다. 어르신이라고 다르지 않을 것이다. 상처 치료를 한다는 이유로 어르신의 동의를 얻기도 전에 자세를 돌리고 옷을 벗기진 않았는지 조용히 나 자신을 돌아보고 반성했다.

2018년 나는 대학원 석사과정에 입학했다. 간호사로서의 만족도가 높은 만큼 더 나은 간호사가 되고 싶어졌다. 늦은 출발을 보완하려면 남들과 다른 나만의 노력이 뒷받침되어야 한다는 생각이 들었다. 무언가 좀 더 깊이 있게 배우고 연구해 보고 싶은 욕심이 생겨났다. 대학원에 입학 후 첫 학기에는 학부 때와는 완전히 다른 수업 방식에 당황했다. 대학원 수업은 학생이 주가 된다. 대학원생이 각자 준비해 온 수업자료를 발표하고 공유하는 방식이다. 교수님은 간략하게 피드백을 제공할 뿐이다. 대학원생의 발표를 듣다 보면 수업 준비를 얼마나 열심히 했는지, 얼마나 많은 자료를 찾아봤는지, 얼마나 깊이 있게 분석했는지를 알 수 있다. 주입식 교육의 수동적인 자세를 벗어나 필요한 지식을 스스로 채워가는 힘을 키우는 곳이 대학원이다.

석사학위를 받으려면 논문을 쓰고, 심사를 통과해야 한다. 입학과 동시에 논문 주제를 결정하지 않으면 졸업은 점점 늦어진다. 나는 고민할 필요가 없었다. 나의 머릿속에 떠오르는 단어는 '욕창' 하나였다. 당시 내가 근무하는 병원에서는 욕창의 예방과 치료에 열을 올리고 있던 터였다. 어르신이 욕창으로 고생하지 않길 바라는 마음을 실천에 옮기고 있었다. 무엇보다 욕창이 발생하지 않도록 예방하는 것에 중점을 두었다. 우린 모든 어르신의 피부 상태를 매일 관찰하기로 했다. 욕창뿐만 아니라 멍, 작은 상처, 각종 피부질환 등 눈에 보이는 피부 문제를 모두 관찰기록지에 기록했다. 열심히 치료한 후 피부 문제가 해결되면 목록에서 지웠다. 간호부가 솔선수범하여 피부 상태를 관찰하자, 간병인의 태도는 자동으로 변화했다. 체위 변경을 하고, 목욕을 시키고, 기저귀를 교체하는 과정에서 자신들이 발견한 피부 문제를 모두 보고하기 시작했다. 혹시 욕창이 생기더라도 초기에 발견이 되니 치료가 훨씬 수월했다.

욕창 예방의 기본은 자주 관찰하는 것이다. 관찰해서 발견되면 다음에 무엇을 행해야 하는지 알게 된다. 말로만 하는 교육은 효과를 기대하기 어렵다. 간호사가 먼저 어르신들에게 관심을 가져야 한다. 간호사가 움직이면 간호조무사와 간병인이 저절로 함께 움직여 줄 것이다. 간호사의 관심과 손길이 많이 닿으면 닿을수록 어르신들은 욕창으로부터 자유로워진다.

미소가 아름다운 당신

"젊은 날엔 젊음을 모르고, 사랑할 땐 사랑이 보이지 않았네. (중략) 눈물 같은 시간의 강 위로 떠내려가는 건 한 다발의 추억. 그렇게 이제 뒤돌아보니 젊음도 사랑도 아주 소중했구나."

　　　　가수 이상은의 〈언젠가는〉이라는 노래 가사의 일부이다. 사람은 현재를 누리면서 미래를 향해 살아가지만, 나이가 들수록 과거를 먹고 산다. 미래를 이야기할 때 우리는 희망에 차고 진지해진다. 하지만 지나온 세월을 떠올리면 가슴이 아련해지고 먹먹해진다. 나이 들어 만난 친구, 오랜만에 만난 가족은 모두가 지난 경험, 지난 추억을 함께 나누며 울고 웃는다. 다들 젊은 날엔 젊음을 모르고 그저 앞만 보고 사느라 바빴을 것이다. 뒤돌아보니 지나온 모든 순간이 귀하고 소중했다는 걸 새삼 느끼기 때문일 것이다.

요양병원에 계신 어르신들은 모두가 추억을 먹고 사신다. 어르신들 중 당신의 미래가 죽음이라는 사실을 모르는 분은 없다. 어르신들은 제각각 교장선생님, 의사, 유학파 영어 선생님, 군인, 교수, 장사꾼 등 과거의 당신을 소환한다. 직업이 없었던 어르신은 가족을 위해 희생한 이야기, 시집살이 이야기, 자식 키우느라 속 썩은 이야기 등을 늘어놓는다. 아무리 나이가 들어도 당신의 의식이 있는 한 당신의 존재를 확인받고 싶어 하는 인정욕구는 사라지지 않는다. 어르신들이 가장 많이 하는 말은 "그땐 그랬지, 지나고 보니 그때가 좋았어. 늙으면 다 부질없어."이다. 어르신들은 눈물 같은 시간의 강 위로 떠내려가는 한 다발의 추억을 먹어야만 사는 분들이다.

"지저분해서 청소 좀 했는데 왜 화를 내세요!"

간병인은 어르신의 지저분한 수납장과 상두대가 거슬렸다. 어르신이 물리치료를 간 사이 대청소를 했다. 어질러진 물건을 제자리에 넣고, 지저분한 건 버리고 깔끔하게 정리를 했다. 하지만 돌아온 건 고맙다는 인사가 아니라 어르신의 역정이었다. 어르신은 최소한의 에너지로 최적화된 공간에서 생활하길 원한다. 손이 닿는 거리에 필요한 물건이 있어야 많이 움직이지 않고도 목적물을 취할 수 있다. 물건을 어디에 넣어두었는지 기억하는 것도 어르신에겐 어려운 일이다. 또 새로운 물건을 좋아하지 않는다. 익숙해진 물건과 일상의 기억에 의지해 평온하게 생활하길 원한다. 간병인의 대청소는 어르신의 생활 규칙을 무너뜨리는 큰 사건이 된 것이다. 어르신은 다시 물건을 꺼내어 당신 눈에 띄는 곳, 손을 뻗어 만질 수 있는 곳에 옮겨 놓았다. 간병인은 못마땅한 표정을, 어르신은 싸움에서 이긴 어린아이처럼 뿌듯한 미소를 지으셨다.

매일 휴지를 차곡차곡 접어서 모아 놓는 80대 치매 어르신이 있었다. 어르신께 휴지는 돈이었다. 서랍에도 가득, 가방에도 가득, 입고 있는 환의 주머니에도 가득했다. 문제는 깨끗한 휴지가 아니라는 것이었다. 휴지통에 버려진 입 닦은 휴지, 소변에 젖은 휴지, 가끔은 대변이 묻은 휴지까지 집어 오셨다. 주변 환경까지 오염시키는 이 사태를 수습해야 했다. 어르신은 대화가 되지 않을뿐더러 고집이 만만치 않았다. 우린 깨끗한 휴지를 같은 모양으로 접었다. 어르신이 잠든 사이 더러운 휴지를 수거하고 접어 둔 깨끗한 휴지로 채웠다. 때로는 더러운 휴지와 깨끗한 휴지가 섞여 몽땅 버려야 하는 상황도 발생했다. 휴지값도 만만찮게 들어갔다. 그래도 어쩔 도리가 없었다. 치매에 걸린 어르신께 맞춤형 케어를 제공하는 수밖에. 수북이 쌓인 휴지를 보며 당신이 부자라도 된 듯 행복해하던 어르신의 표정이 떠오른다.

충격적이고 가슴 아픈 기억도 있다. 체구가 유난히 왜소하신 70대 중반 남자 어르신이 계셨다. 뇌경색이 오긴 했으나 심한 상태는 아니었다. 약간의 편마비만 있을 뿐 스스로 움직임이 가능했고, 의사소통에 문제가 없었다. 입원한 지 1주일도 채 되지 않은 어느 날, 나는 밤 근무 중이었다. 새벽 1시쯤 되었을까. 간병인의 다급한 목소리에 얼른 뛰어갔다. 어르신의 상체가 창문 밖으로 나간 채 폴더처럼 접혀 있었다. 간병인은 어르신의 허리춤을 잡은 채로 소리를 지른 것이었다. 처음 겪는 일이라 나의 심장은 쿵쾅거리고 손발은 벌벌 떨렸다. 어르신은 흑흑 흐느끼고 계셨다. 당직의와 가족이 다녀간 후에야 어르신은 진정되었다. 나는 어르신이 걱정되어 야간 근무 내내 병실을 들락거렸다. 며칠이 지나고 나니 어르신은 병원 생활에 적응하시는 것처럼 보였다. 다시 밤 근무가 돌아왔을 때 나는 어르신을 찾아갔다. 혹시 잠재되어 있을지 모르는 자살 가능성을 확인해야만 될 것 같았다.

"아버님, 오늘도 잠이 안 오세요?"

"아니, 이제 잘 거야. 왜 내가 걱정돼?"

"아버님이 병원 생활을 힘들어하시는 것 같아서요."

"병원에 있는 걸 좋아할 사람이 어디 있어? 자식새끼 키우느라 내 인생 다 갔는데 고작 밥 해주기 힘들다고 나를 입원시키다니 분하고 괘씸해. 이렇게 갇혀서 사느니 죽는 게 낫지."

"아버님, 집에 혼자 계실 때 쓰러지셨다면서요. 밥 해주기 싫어서가 아니라, 가족들 아무도 없을 때 또 쓰러지시거나 무슨 일이라도 생길까 봐 걱정돼서 그런 것 아닐까요?"

"뭐 그런 마음도 있긴 하겠지."

"아버님 건강 상태가 좋아져서 일상생활이 가능해지면 퇴원도 가능해요. 아버님이 강력히 퇴원을 원한다고 보호자에게 설명하면 되거든요."

그날 이후 밤 근무를 할 때면 나는 어르신과 종종 대화를 나누었다. 다른 직원들도 당신을 걱정해 주었지만, 적응하면 괜찮아질 거라는 말만 들었다고 한다. 당신에게 사사로이 말을 걸어주고, 당신의 말을 들어주어 고맙다고 하셨다. 어르신은 몇 개월 후 퇴원하여 집으로 가셨다. 사람은 누구나 자신의 이야기를 하고 싶어 한다. 자신의 이야기를 들어주길 바란다. 우린 습관처럼 어르신을

내 삶도 익어가는 중

노인으로만 대한다. 어르신에게도 역동적인 젊은 시절이 있었다는 걸 우리는 종종 잊는다.

나를 볼 때마다 "아유, 야무지게 생긴 것이 일하는 것도 똑 부러져."라고 칭찬해 주는 어르신이 있었다. 여든을 바라보는 할머니는 매우 인자한 분이었다. 항상 웃는 얼굴로 나를 맞아주셨다. 당신의 기력이 쇠약해지자 병원에도 자발적으로 입원하신 분이다. "자식들 힘들게 해서 뭐해, 내 눈치 보느라 말을 못 하길래 내가 먼저 말했지. 집에 혼자 있는 거 너무 외로워서 요양병원 들어가겠다고 했더니 다들 고마워하데." 어르신은 당신 주관이 분명한 분이었다. 주변을 정갈하게 정리하고, 매일 일정 시간 걷기 운동을 하셨다. 직원을 귀찮게 하는 일도 없었다.

어르신은 무언가 부탁할 일이 있을 때 항상 나를 찾았다. 당시 내가 병동 팀장이라는 걸 알고 여러 사람 거치기 싫다며 꼭 내가 출근하기만을 기다리셨다. 나는 어떤 종류의 부탁이든 결과에 대한 피드백을 반드시 드렸다. 그런 신뢰의 시간 속에서 어르신과 나만의 비밀의 성도 쌓여갔다. 고된 시집살이, 자식에 대한 자랑과 흉, 당신이 살아온 과거에 대한 기억을 거리낌 없이 이야기하셨다. 나는 어르신과의 대화를 통해 어르신에게 가장 중요한 사람은 자식이 아니라 남편이었음을 알게 되었다. 어르신은 남편의 사랑을 원

없이 받았다고 했다. "우리 영감은 자식보다 나를 더 좋아했어. 나를 끔찍이 아꼈지. 나는 여기서 조금만 살다가 조용히 영감 옆으로 가고 싶어." 어르신은 남편에 대한 기억만으로 세상 누구보다 행복한 분이었다. 어르신이 살아온 세월은 모두 소중한 추억이다. 특별할 일 없는 요양병원의 일상을 견뎌내는 힘을 대부분 추억여행을 통해 얻는다.

나는 4년 가까이 근무한 요양병원을 그만두게 되었다. 행정부에 새로운 수장이 입사를 하면서 간호부와 알력 다툼이 일어났고, 서로 내보내기 싸움이 시작된 것이다. 행정부에서는 내게 힘을 합치자고 제안을 해왔다. 간호부에서는 나는 간호부 소속이니 간호부와 한마음이 되어야 한다고 했다. 간호사로서의 업무 외에 조직의 문제에 전혀 관심이 없었던 나는 당황스러웠다. 어느 조직에나 있을 법한 일이란 건 알았지만, 막상 내가 그 문제에 엮이고 나니 하루하루가 정신적으로 피곤했다. 나는 이도 저도 아닌 중립의 입장을 취했다. 어느 순간 나에 대한 험담이 돌기 시작했다. 마음이 힘들었지만 일일이 설명하기 싫었다.

"저에게 간호사로서의 업무에만 집중하라 하면 일을 계속하겠습니다. 하지만 조직 간의 알력 싸움에 끼어 있는 이 상황을 견디기가 힘듭니다. 왜 제가 어느 한쪽의 편이 되어야 하는지요?"

업무가 탄력을 받은 상황이었고, 어르신과 보내는 시간이 마냥 행복했던 터라 퇴사 결정이 쉽지 않았다. 사표를 내고 퇴사하기까지 4개월이라는 시간이 걸렸다. 퇴사 3일 전부터 어르신 한 분 한 분께 인사를 드렸다. 퇴사가 처음도 아니고 대수롭지 않게 생각했는데, 그게 아니었다. 요양병원에서의 퇴사는 또 다른 이별이었다. 그동안 어르신과 부대끼며 울고 웃었던 숱한 장면이 주마등처럼 스쳐 지나갔다. 나와 비밀의 성을 쌓은 어르신은 눈을 동그랗게 뜨고 "이제 안 온다고? 왜, 왜?"를 외치셨다. 어떤 답을 드려야할지 적절한 이유가 떠오르지 않았다. "안 가면 안 돼?" 힘없이 건네는 어르신의 한마디에 아무렇지 않을 것 같았던 나의 감정은 무너져 내렸다. 해맑은 아이처럼 웃던 어르신이 엄마 잃은 아이처럼 불안해하셨다. 그저 손을 꼭 잡아드리는 것 말고는 내가 할 수 있는 게 없었다. 나는 어르신을 위해 일을 했지만, 어르신은 내게 온 마음을 주셨다.

'어르신, 건강하세요. 항상 저를 보며 웃어주시던 당신의 미소를 기억할게요. 당신이 주신 그 마음, 또 다른 어르신께 배로 드릴게요.'

사라진 기억, 사라질 기억

4년 전에 방영된 MBC 〈휴먼다큐 사랑: 러브 미 텐더〉를 우연히 다시 보게 되었다. 60세의 젊은 나이에 치매에 걸린 아내와 함께 살아가는 남편의 이야기다. 순종적이고 착하기만 했던 아내가 기억을 잃었다. 아내는 대소변 실수를 하고, 길을 헤매고, 같은 말을 반복하고, 아이처럼 떼쓰고, 먹는 것과 물건에 집착한다. 남편은 아내를 4년간 보살피며 요양보호사 자격증까지 취득했지만 결국 아내를 요양원에 보냈다. 남편이 일하러 간 사이 아내가 집을 나가서 길을 잃어버렸고, 아찔하고 위험한 상황을 여러 번 겪었기 때문이다.

아내는 모든 기억을 잃은 가운데 유일하게 남편만을 기억한다. 아내는 요양원에서 남편이 오기만을 기다린다. 남편을 만나는 순간,

좋아서 어쩔 줄을 모른다. 남편의 품에 안겨 유치원 아이처럼 울고 웃는다. 남편은 이런 아내의 모습을 사랑스럽게 바라본다. 남편은 아내를 위해 마지막이 될지도 모를 둘만의 해외여행을 떠난다. 남편은 철부지가 된 아내를 잃어버릴세라 아내의 손을 꼭 잡고 일본 여행을 한다. 여행을 마치고 한국으로 돌아오는 길, 남편은 여행객이 모인 배 안에서 아내에게 진심이 담긴 마음의 선물을 전한다.

"이 세상에서 제일 귀하고 감사하고, 제가 사랑하는 아내입니다. 아내를 위해서 제가 평상시에 이 노래를 익히고 준비를 해왔습니다."

남편은 아내를 향해 〈러브 미 텐더(Love me tender)〉를 부른다. 흔들림 없는 차분한 목소리로 담담하게 사랑의 마음을 전한다. 잔잔한 감동의 물결이 요동치며 여기저기서 눈물을 훔치는 소리가 들린다. 그러나 단 한 사람, 아내의 표정에는 아무런 변화가 없다. 아내의 무표정한 모습은 나의 가슴을 먹먹하게 했다. 아내는 남편을 좋아할 뿐 남편의 감정을 읽지 못한다. 아내는 그저 자신의 감정에 따라 화내고 울고 웃는 아이였다.

50세에 치매에 걸린 아내를 8년째 보살피는 남편이 있다. 젊은 시절 고생을 많이 했는데, 형편이 나아져 살만해지니 아내가 치매에 걸렸다고 한다. 아내는 정밀검사 결과 뇌의 20~30%가 위축되어 있어 5년 정도 살 수 있을 것이라는 진단을 받았다. 아내는 자기 자신과 가족을 모두 잊었다. 서너 살 수준의 아이가 되어버렸다. 남편을 아저씨라 부른다. 남편은 매일 아내와 함께 2시간씩 운동을 한다. 아내가 일상생활을 스스로 할 수 있도록 적극적으로 돕는다. 남편의 노력으로 병원에서 말한 5년은 넘겼지만, 아내의 상태는 점점 나빠졌다. 대화는 불가능해졌고, 밥을 떠먹이지 않으면 아예 먹을 생각을 하지 않는다. 스스로 씻지도 못한다. 그럼에도 남편은 아내에게 한결같다. 아내가 소변 실수를 할 때면 아내의 기가 죽을까 봐 아내의 마음을 먼저 다독여 준 후 빨래를 한다. 남편은 아내 앞에서 항상 웃으며 말한다. 아픈 아내를 즐겁게 해주려고 일부러 장난을 친다.

 "아내가 하나하나 모든 걸 잃어가는 게 저에겐 굉장한 두려움이거든요. 내가 슬퍼하면 이 사람의 마음은 어떻겠어요. 속으로는 울지만 겉으로는 즐겁게 지내려고 노력하는 거예요."

치매로 인해 이미 사라진 지난날의 기억, 앞으로 사라질 오늘의 기억. 지금 이 순간 작은 기억의 끄나풀이라도 남아 있길 바라는 가족의 애절한 마음마저도 치매 환자에게는 사라져 갈 기억이다. 2004년에 개봉된 영화 〈내 머릿속의 지우개〉의 명대사가 생각난다.

> "난 당신을 기억하지 않아요. 당신은 그냥 나한테 스며들었어요. 난 당신처럼 웃고, 당신처럼 울고, 당신 냄새를 풍겨요. 당신을 잊을 수는 있겠지만 내 몸에서 당신을 몰아낼 순 없어요."

치매에 걸린 두 아내의 마음도 이와 같지 않았을까. 기억은 잃어도 자신의 몸에 스며든 남편의 사랑만큼은 지워지지 않길 바라며 하루하루를 버티고 있는 건지도 모른다.

현재 내가 근무하고 있는 병원은 공립요양병원이며, 치매 안심병원으로 지정되어 치매전담병동을 운영하고 있다. 본원에서는 해마다 일반인들의 치매에 대한 관심유도와 치매에 대한 부정적 인식개선을 위해 슬로건 및 창작 시화 공모전을 연다. 당선된 작품은 예쁜 그림과 함께 이듬해 달력으로 만들어 어르신들이 계신 병실에 걸리고, 직원 및 많은 지역인에게 배부된다. 당선작 중에 직원들이 사용하는 볼펜에 새겨진 대표 슬로건이 있다.

'기억의 빈자리, 우리의 관심과 사랑이 머물 자리'

나는 볼펜을 쓸 때마다 이 문구를 읽는다. 치매에 관한 짧은 글이지만 깊은 울림을 준다. 치매란 후천적으로 기억, 언어, 판단력 등 여러 영역의 인지 기능이 감소하는 것을 말한다. 치매가 심해지면 시간, 장소, 사람에 대한 지남력이 없어진다. 날짜와 계절, 시간을 구분하지 못한다. 자기 자신이 누구인지 모르고, 상대방을 알아보지 못한다. 결국 일상생활이 불가능해진다.

우린 치매 환자의 마음을 알기 어렵다. 치매 환자의 비정상적인 행동에 그저 당황할 뿐이다. 살아가는 방법을 모두 잊어버린 치매 환자를 우리는 어떻게 대해야 할까? 나는 가끔 치매 환자가 자폐아와 비슷하다는 생각이 든다. 자폐아는 타인을 배려하지 못한다. 어느 한 가지에 매달리고 매사 자기중심적이다. 배고프면 화내고, 졸리면 짜증 부리고, 뭔가 불편하거나 자기 마음대로 안 되면 소리를 지른다. 부모는 자폐아를 윽박지르지 않는다. 옳고 그름을 설명해 주고 상황을 인식할 때까지 참고 기다린다. 부모의 깊은 사랑으로 자폐 아이를 안아주고 보듬어 준다.

"치매에 걸렸다는 사실을 자각한 후, 더욱 확실하게 알게 된 것이 있습니다. 치매는 누구나 걸릴 가능성이 있으며, 설령 치매에 걸린다 해도 '인간'이라는 사실에는 변함없다는 것, 오늘날과 같은 장수 시대에는 누구나 치매를 마주하며 살아가야 한다는 것, 그리고 치매에 걸리더라도 평상시의 생활을 그대로 유지하는 게 중요하다는 것입니다."

하세가와 가즈오의 저서 『나는 치매 의사입니다』에 나오는 글이다. 저자는 50년 넘게 치매를 연구해 온 자신이 치매에 걸린 후에야 비로소 치매 환자의 삶을 온전히 이해하게 되었다고 한다. 치매에 걸렸다고 해서 하루 종일 비정상 상태만 지속되는 건 아니라는 것. 그날그날의 컨디션에 따라 좋기도 하고 나빠지기도 한다는 것. 치매 환자의 마음 또한 여전히 살아있다는 것을 알게 되었다고 한다.

우리가 치매 환자를 위해 해야 할 일은 현재의 모습 그대로를 인정하는 것이다. 잘못된 행동을 지적하거나 무시하지 말아야 한다. 잔존기능을 최대한 사용할 수 있게 도와주어야 한다. 아무것도 모른다고 단정짓지 말아야 한다. 기억해 낼 것을 강요하지 말아야 한다. 사실을 정확하게 알려주어야 한다. 모든 기억을 잃어도 감정은 남아 있다는 것을 인식해야 한다. 희미해지는 치매 환자의 삶이 그대로 사라지지 않도록 기억의 빈자리는 우리의 관심과 사랑으로 채워 주어야 하는 자리이다.

〈혹시 당신이 기억을 지우고 있나요?〉

아버지, 어머니
애쓰며 살아온 당신의 숭고한 흔적을
왜 애써 지우려 하나요?
애태우며 지켜온 당신의 소중한 가족을
왜 애써 잊으려 하나요?

혹시 당신에겐
삶의 희로애락 중 노여움과 슬픔이 많았던 걸까요?
혹시 당신에겐
인생의 사계절 중 유독 추운 겨울이 길었던 걸까요?

그 슬픔과 아픔이 시리도록 싫어서
다 지워버리고 싶은 걸까요?

버티고 견뎌온 시간이 너무 길어

이제부터라도 홀가분해지고픈 걸까요?

지난날을 다 지워서라도

당신이 웃을 수 있다면

가족을 다 잊어서라도

당신이 행복할 수 있다면

당신이 두 팔 벌려 맞이한 그 치매를

우리도 가슴으로 끌어안아 사랑하렵니다.

치매에 묻어나는 삶의 흔적

　나는 30대 초반에 산후조리원 신생아실에서 근무한 적이 있다. 신생아실에서는 매일 아기의 몸을 깨끗하게 씻어준다. 아기의 몸에 묻은 미끄덩한 태지를 벗겨내면 뽀송하고 매끈한 무결점의 피부가 자태를 드러낸다. 주름도 상처도 없다. 이런 아기의 몸에 어느 날 작은 긁힘이 생긴다. 세상에 태어나 처음으로 외부의 자극을 만나는 순간이다. 매끈했던 아기의 피부에 삶의 흔적이 막 새겨지는 순간이다.

우리는 살아가면서 신체와 정신 곳곳에 자신의 삶을 기록한다. 행복했던 기억은 온화한 미소를 남기고, 고단하고 치열했던 기억은 흉터와 주름을 남긴다. 노년이 될수록 우리의 몸에 새겨진 무수하고 선명한 삶의 흔적을, 우리의 정신은 서서히 잊어간다. 희미해진 기억은 과거와 오늘을 넘나들며 곳곳에 새겨진 다양한 모습의 자신과 마주한다. 우린 이것을 치매라고 부른다. 치매 환자는 기억을 모두 잃은 게 아니라, 자신에게 각인된 과거의 한 시절로 되돌아간 것이다. 다만 자신이 멈춰 선 곳이 어디인지 모를 뿐이다.

경도 치매 진단을 받은 88세 어르신이 있다. 어르신은 스스로 거동이 가능하다. 낮에는 주간보호센터에 다니면서 집에서 혼자 생활하신다. 가까이 사는 딸이 아침, 저녁으로 들러 어르신의 식사와 집안일을 챙긴다. 어르신은 지저분한 물건을 한 곳에 모아두고 산다. 곰팡이가 핀 음식을 못 버리게 한다. 사용한 휴지를 한 번 더 사용하겠다며 쌓아둔다. 오염된 의류를 빨지 못하게 한다. 여름엔 에어컨을, 겨울엔 보일러를 못 틀게 한다. 목욕도 당신이 원하지 않으면 가지 않는다. 딸은 참다 참다 화를 내며 소리를 질렀다. 당신이 틀렸으니 내가 해주는 대로 가만히 있으라고 소리쳤다. 어르신은 큰 소리에 놀라 눈을 동그랗게 뜨며 딸에게 말한다. "뭐 땜에 그래요?" 어르신은 지독하게 아껴야만 살 수 있었던 지난날의 당신으로 오늘을 살고 있다. 어르신이 살고 계신 시간을 이해하지 못하면 딸은 점점 지칠 수밖에 없다. 치매 어르신을 잘 보살피려면 치매에 묻어나는 어르신의 삶을 들여다보려고 노력해야 한다.

내가 근무하는 요양병원에 80대 부부가 함께 입원했다. 할머니의 병실은 302호, 할아버지의 병실은 306호였다. 할머니는 중증 치매 진단을 받은 상태였고, 할아버지는 인지가 좋으셨다. 우리 병원에 오기 전, 할머니는 요양원에 계셨다. 할아버지는 입소 대상이 되지 않아 집에서 혼자 생활하셨다. 보행이 가능한 할머니는 요양원에서 낮이나 밤이나 할아버지를 찾아다녔다고 한다. 정말 졸음을 참지 못해 잠깐 쓰러져 잘 때를 제외하고는 내내 할아버지를 찾아 요양원 여기저기를 헤맸다고 한다. 할머니는 졸린 상태로 움직이다가 낙상 사고가 여러 번 발생했고, 도저히 통제가 되지 않아 퇴소당한 케이스였다. 할아버지는 그런 할머니가 병원 생활에 익숙해질 때까지 도움을 주기 위해 우리 병원에 함께 입원한 것이었다.

할머니는 대화가 전혀 안 되는 분이었다. 할아버지에 대한 할머니의 집착은 심각했다. 잠시라도 할아버지가 눈에 안 보이면 할머니는 안절부절 어쩔 줄 몰라 했다. 할머니는 할아버지만 졸졸 따라다녔다. 화장실에 갈 때에도 할아버지 손을 꼭 잡고 갔다. 그러다 보니 병동 생활에 문제가 생겼다. 할머니가 밤에도 할아버지를 찾겠다며 다른 병실 문을 열어젖히는 일이 다반사로 일어났다. 할아버지는 그런 할머니가 걱정되어 여자 어르신만 있는 병실을 수시로 들락거렸다. 같은 방에 계신 다른 어르신들이 눈살을 찌푸리기 시작했다. 당시 부모님을 뵈려고 면회 온 보호자들의 불만, 고충도 늘어났다. 인지 상태가 좋으셨던 할아버지는 이런 불편한 상황에 대한 화풀이를 할머니에게 하기 시작했다. 할머니는 불안한 표정으로 할아버지의 바짓가랑이만 잡고 늘어졌다. 급기야 할아버지는 할머니에게 소리를 지르고 퇴원해 버렸다. 그날 이후 할머니의 배회 증상은 점점 심해졌다. 할머니는 앵무새처럼 "영감!, 영감!"이라는 말만 반복하셨다.

밤낮으로 배회하는 할머니가 혹시라도 넘어질까 봐 우리는 신경을 바짝 곤두세워야 했다. 하지만 1:1 밀착 케어가 불가능한 현실은 결국 사고로 이어졌다. 우리의 노력만으로는 할머니의 배회를 멈추게 할 수도, 낙상을 막을 수도 없었다. 나는 할아버지에게 전화를 걸었다.

"아버님, 어머님이 아버님을 계속 찾으세요. 어떡하면 좋을까요? 저희가 잘 본다고 보는데도 벌써 여러 번 넘어지셨어요."
"아휴, 나더러 어쩌라고. 그냥 좀 묶어놔요."
"아버님, 그건 안 돼요. 저렇게 잘 걸어 다니시는 분을 묶다니요. 어르신은 대화만 안 되지 스스로 식사도 하시고, 대소변도 잘 해결하세요. 그건 안 될 말씀이세요."

"아, 진짜. 내가 옆에 있어도 안 되고, 없어도 안 되고 정말 미치겠네."

"두 분이 금슬이 너무 좋으셔서 그런가 봐요."

"그건 아니고... 사실은 내가 젊었을 때 바람을 좀 피웠어요. 그때는 잠깐 난리를 치고는 별 다른 일 없이 넘어갔는데. 글쎄 다 늙어서 뒤늦게 갑자기 그날 일을 퍼부어 대더니 저러더라고."

사이 좋은 잉꼬부부 한 쌍을 상상했던 나의 예측은 완전히 빗나갔다. 할머니의 기억은 할아버지가 바람을 피운 그 시간에 멈춰 있었다. 할머니는 어쩌면 그 시절 할아버지에 대한 배신감보다 할아버지가 영영 떠나버릴까 봐 두려운 마음이 훨씬 컸는지도 모른다. 과거를 살고 있는 할머니에게 현실을 자각하게 만드는 게 무슨 의미가 있을까? 할머니를 진정시킬 수 있는 사람은 오직 할아버지뿐이었다. 결국 할아버지는 할머니를 위해 입원과 퇴원을 반복하셨다.

목소리가 쩌렁쩌렁한 80대 여자 어르신은 아들 다섯을 홀로 키우셨다. 어르신의 남편은 젊은 나이에 지병으로 세상을 떠났다고 한다. 어르신은 급성 심근경색으로 쓰러져 심장혈관을 뚫어주는 응급 수술을 하고 요양병원에 오셨다. 인지 상태가 양호하셨던 어르신은 당신의 요구사항을 한 치의 망설임 없이 거침없이 표현하셨다. 목소리에 대장부의 힘이 실려 있었다. 특히 당신의 아들에게 전화할 때면 거의 명령조로 말씀하셨다. 아들은 어르신의 요청을 즉각 해결했고, 어르신의 부름에 즉시 달려왔다. 아들은 어머니 앞이건만 회사 사장님 앞에 선 듯 경직된 어조로 대답하곤 했다. 남편 없이 홀로 다섯 아들을 키워낸 어르신만의 아우라가 자태와 목소리에서 뿜어 나오는 듯했다.

요양병원에는 한 번 입원하면 4~5년 이상 오래도록 생활하는 어르신이 많다. 몇 년을 어르신들과 함께 부대끼다 보면 자연스럽게 어르신들의 지난날을 들여다볼 기회가 생긴다. 뿐만 아니라 어르신들의 가족관계, 어르신들을 대하는 가족의 태도, 가족 간의 화목과 불화 등 전반적인 집안 상황을 파악하게 된다. 어르신들은 저마다의 고유한 삶의 대서사시를 가슴에 품고 산다. 어르신을 제대로 이해하려면 어르신의 삶을 깊이 있게 읽어낼 수 있어야 한다.

사람들은 치매를 이야기할 때 예쁜 치매, 귀여운 치매, 난폭한 치매, 고집불통 치매 등으로 나누곤 한다. 치매의 양상은 어르신마다 다르다. 이 세상에 똑같은 사람이 단 한 명도 없듯, 치매 어르신의 모습도 제각각이다. 어르신들의 대부분은 살아오는 동안 당신의 몸에 새겨진 삶의 흔적을 그대로 치매에 반추하는 경우가 많다. 어르신들의 현재 모습을 보며 '아, 어르신은 젊었을 때 온화한 성품이었겠구나.', '아, 어르신은 지난날을 치열하게 사셨구나.', '아, 어르신은 당신의 생각을 억압당하며 사셨구나.'라고 추측이 된다. 기억을 잃은 치매 어르신은 당신의 몸에 새겨진 지난날의 기억으로 살아간다.

식구(食口)는 한 집에서 한솥밥을 먹으며 지내는 사이를 말한다. 어르신들과 나는 식구다. 매일 병원 밥을 함께 먹으며 깊은 정이 들고 점차 가족이 되어간다. 일을 할 때는 힘들게 느껴지다가도 막상 눈에 안 보이면 생각나는 사이다. 어르신들이 식사는 잘하셨는지, 어르신들의 기분은 어떠한지 궁금해진다. 어르신들의 상태가 나빠지기라도 하면 집에 와서도 내내 걱정이 된다. 때론 내게 위안을 주는 부모님처럼, 때론 내게 칭얼대는 어린아이처럼 내 삶에 의미 있는 존재가 된 것이다. 어르신들과 함께하는 모든 순간, 모든 경험은 나의 몸에 깊이 새겨질 인생의 주름살이다.

06

눈물을 보이지 말아야 할 의무

나는 수업이나 강연 등을 매우 집중해서 듣는다. 어렸을 때부터 그랬다. 선생님이 설명해 주는 추가적인 내용을 깨알같이 책에 적었다. 수업과 관련된 에피소드를 들려주면 그 내용까지 요약하여 적었다. 늦은 나이에 대학을 간 내게 강의 한 시간 한 시간은 정말 소중하게 다가왔다. 교수님의 말씀을 하나라도 놓치지 않으려고 귀를 쫑긋하여 수업을 들었다. 그중 유독 열심히 들었던 과목은 성인 간호학이었다. 당시 성인 간호학 교수님은 50대 후반이었다. 어느 날 교수님은 간호사로 근무하던 시절, 처음으로 환자의 죽음을 직면했던 경험을 들려주셨다.

"암 병동에 있었는데, 밤 근무를 하던 날 나의 담당 환자가 사망했어요. 처음 겪는 일이라 많이 당황했죠. 거기다 환자의 죽음 앞에서 오열하는 가족을 보니 마음이 너무 아팠어요. 같이 울었어요. 눈물이 어찌나 많이 나던지 감당이 안 됐어요. 내가 울고 있으니 선임 선생님이 내 손을 잡고 병실 밖으로 끌어내더라고요. 간호사가 울면 어떡하냐고. 환자가 그 사람 한 명뿐이냐고, 지금 네가 할 일은 임종한 환자 사후 처치하고, 다른 환자 상태 관찰하고, 주사 주고, 약 주고, 너의 일을 하는 거라고. 다른 환자들도 누가 죽었는지 알고, 자신도 죽을 거라는 생각에 불안한데, 너의 그 감정까지 환자에게 전달할 거냐고. 막 혼났어요."

간호사에게는 눈물을 흘리지 말아야 할 의무가 있다고 했다. 슬픈 감정을 공감하는 것은 당연하지만, 환자의 죽음 앞에서 간호사의 행동은 초연하고 냉정해야 한다고 했다. 내가 처음 환자의 죽음을 마주한 곳은 뇌혈관 전문병원이었다. 당시 간호조무사로 근무하고 있었는데, 나 역시 보호자 앞에서 눈물을 많이 흘렸다. 슬픔을 함께 공감하고 나누는 게 당연하다고 생각했다. 같이 근무하던 간호사가 보호자 앞에서 울지 말고 간호사실에 들어가서 감정 정리하라고 했던 기억이 난다. 그땐 울지 말아야 한다는 생각을 하지 못했다.

월요일 아침 7시, 병원에 도착하여 간호사복으로 갈아입었다. "선생님, 빨리 좀 와주세요. 집중치료실 OOO 님이 이상해요!" 밤 근무 간호사의 다급한 목소리가 들렸다. 병실 입구에 비치되어 있는 알콜젤 디스펜서를 눌러 손 소독을 하며 병실 안으로 뛰어 들어갔다. 어르신의 얼굴은 백지장처럼 창백했다. 식은땀으로 온몸이 축축했다.

"선생님, 저혈당 증상 같아요. 빨리 혈당 측정부터 해주세요. 당직의에게 연락하고요!"

혈당 수치는 38mg/dl이었다. 혈당 수치가 50mg/dl 미만이면 위험한 수준의 저혈당이다. 수면 중의 저혈당은 더욱 위험하다. 비위관(콧줄) 영양을 하는 어르신이라 눈에 보이는 요구르트와 음료수를 신속하게 비위관으로 공급했다. 동시에 응급으로 50% 포도당주를 주입하기 위해 정맥주사를 시도했으나, 야윈 체구의 어르신에게 정맥 라인을 확보하기란 쉽지 않았다. 몇 번의 시도 끝에 정맥 라인을 확보하고 50% 포도당주를 투여했지만, 어르신은 결국 사망했다.

어르신은 65세의 젊은 나이였다. 수년 전 뇌출혈로 쓰러져 응급 수술을 받았다. 수술 후 심한 인지 저하와 연하 기능 장애, 구음 장애, 중증 편마비 상태로 요양병원에 입원했다. 어르신에게 두 명의 딸이 있었다. 두 딸은 번갈아 가며 매주 면회를 왔다. 하루 전인 일요일에도 다녀갔다고 했다. 병원의 연락을 받고 순식간에 달려온 두 딸은 엄마를 끌어안고 통곡하기 시작했다. "엄마, 엄마, 우리 엄마 왜 이래요? 어제까지만 해도 괜찮았는데 우리 엄마 갑자기 왜 이래요?" 울부짖는 딸의 모습에 나의 마음이 미어졌다.

수년간 병원에 누워 계신 엄마를 극진히도 챙기던 두 딸이다. 올 때마다 직접 대야에 물을 떠서 엄마의 얼굴과 전신, 손발을 닦아 주던 두 딸이다. 단 한마디의 말도 없이 눈만 덩그러니 뜨고 있는 엄마를 가엽게 바라보던 두 딸이다. 면회를 마치고 돌아설 때면 "엄마, 조금만 기다려. 주말에 또 올게."라고 말하며 손을 흔들던 두 딸이다.

"어머님은 좋은 곳으로 가셨을 거예요. 따님의 마음은 너무나 아프겠지만, 어머님도 오랜 병원 생활에 힘들지 않으셨을까요. 이제 좋은 곳에서 편히 쉬고 싶으셨나 봅니다."

딸의 손을 꼭 잡고 담담하게 위로의 말을 건넸다. 나는 간호사실에 들어가 쏟아지는 눈물을 애써 삼켰다.

70대 중반의 여자 어르신이 입원했다. 인지 저하가 있어도 어느 정도의 대화는 가능한 분이었다. 어르신은 평소 식사량이 매우 저조했다. 어르신의 몸은 눈에 띄게 야위어 갔다. 나는 주 보호자에게 전화를 하여 식욕 촉진제를 드리자고 제안했다. 식욕 촉진제는 비급여 품목이라 보호자의 동의가 있어야만 제공이 가능하다. 평균적으로 하루에 두 번, 일주일 정도 복용하면 30,000원 정도의 추가 비용이 발생한다. 보호자는 흔쾌히 승낙했다.

어느 날 어르신에게 심장마비가 왔다. 다행히 신속한 심폐소생술로 20여 분 후 어르신은 깨어났다. 어르신의 의식은 돌아왔어도 추가적인 검사가 필요했고, 추후 경과를 관찰해야 하는 상황이었다. 어르신은 상급종합병원으로 이송되었다. 2주일 정도 모든 검사와 치료를 마친 어르신은 우리 병원에 재입원을 했다. 얼굴부터 발끝까지 창백한 모습으로 많이 쇠약해져 있었다. 재입원을 하면서 보호자는 "어떤 응급상황이 발생하더라도 심폐소생술은 하지 마세요. 엄마 상태가 나빠져도 다른 병원으로 전원 안 갑니다."라고 말했다. 그러면서 상급종합병원에서 발생한 병원비에 대해 불만을 토로했다.

어르신의 몸은 많이 쇠약해져 있었으나, 대화에는 문제가 없었다.

재입원 후 2주일이 지났을까. 어르신은 입맛이 너무 없다며 식욕 촉진제를 달라고 했다. 이번에는 보호자가 거절했다. 식사를 못 하면 못 하는 대로 그냥 두라고 했다. 혹시 식사를 아예 못 하게 되더라도 비위관(콧줄) 삽입도 하지 말라고 했다. 참고로 비위관은 주치의 판단하에 주치의가 삽입 여부를 결정하는 것이다. 나는 식욕 촉진제를 보호자가 거부했다는 말을 전할 수 없었다. 나는 병동마다 전화해서 몇 개의 식욕 촉진제를 구해 보기로 했다. 가끔 사망한 어르신이 미처 복용하지 못하고 남긴 식욕 촉진제가 있을 수도 있기 때문이다. 식욕 촉진제를 복용해서 식사량을 늘리는 기대효과보다 어르신에게 심리적 절망감을 전하고 싶지 않은 마음이 컸다. 어르신은 병원에서 휴대폰을 가지고 생활했다. 가끔 휴대폰을 열어보면 자식에게 전화를 건 목록은 많았지만, 통화를 한 건수는 적었다. 자식이 먼저 전화를 걸어 온 건수는 더욱 적었다. 어르신은 신체의 기운만 없었던 게 아니라, 마음의 기운마저도 유약한 분이었다.

얼마 지나지 않아 어르신에게 두 번째 심장마비가 왔다. 우리는 심폐소생술을 시행했다. 즉시 보호자에게 알렸다. 보호자는 낮은 목소리로 차분하게 반응했다. 어떨 것 같냐고 물어왔다. 회생 가능성은 희박해 보인다고 알렸다. 보통의 사람은 부모님의 임종 순간에 꼭 함께하길 원하건만 보호자는 돌아가시면 연락을 달라고 했다. 어르신은 끝내 돌아가셨다. 내 눈에 어르신은 평안해 보였다. 홀로 쓸쓸히 견뎌야 하는 이곳의 생활이 얼마나 싫었을까. 말을 하지 않아도 전해지는 게 사람 마음 아니던가. 상급종합병원에 있는 동안 가족이 나눈 말을 전혀 듣지 못했을 리 없다. 뼈에 사무치는 외로움을 안고 떠났을 어르신 생각에 눈물이 주르륵 흘러내렸다. 나는 보호자 앞에서는 울지 않았다. 나의 눈물은 그저 어르신이 선택한 그곳 세상에서 어르신이 행복하게 맘 편히 쉴 수 있길 바라는 염원의 눈물이었다.

세상에서 가장 슬픈 사람은 '잊힌 사람'이라고 한다. 사랑하다 헤어진 사람은 살아만 있으면 언젠가 볼 수 있다. 기러기 가족이 되어 지구 반대편에 떨어져 있어도 살아만 있으면 만날 수 있다. 누군가 세상에서 제일 가까운 사람을 죽음으로 떠나보냈다면 그는 다시는 볼 수 없는 사람이다. 두 번 다시는 만날 수 없는 이별의 강을 건너간 것이다. 잊히지 않을 것 같았던 슬픔과 그리움은 흐르는 시간 속에 서서히 희미해진다. 잊은 사람보다 잊힌 사람이 더 슬프다는 사실을 우리는 알면서도 모른 척 살아가야 한다. 아무리 가슴이 아파도 결국엔 잊힐 사람이란 걸 알기에 우리는 떠나보내는 그날 그리도 많은 눈물을 흘리나보다.

아름다운 이별이 될 수 있도록

　　2018년 10월, 뜨거운 여름이 지나고 선선한 가을이 왔다. 남편과 함께 5박 6일 동안 중국의 장가계 여행이 예정되어 있는 달이다. 남편은 몇 년째 일하고 공부하느라 여행과는 담을 쌓은 나를 못 마땅해했다. 1년 전부터 나를 달달 볶더니 결국 여행 일정을 잡았다. 큰맘 먹고 짜 놓은 일정이었는데, 하필 그즈음 시아버님의 건강 상태가 나빠지셨다.

시아버님은 국가유공자로 보훈 대상자셨다. 자긍심이 매우 높으셨고, 사리 분별력이 뛰어나셨으며, 가치관이 분명한 분이셨다. 88세였지만 노화에서 오는 기력 저하 외에는 큰 문제가 없었다. 시아버님은 당신 스스로 일상생활이 힘들다고 판단되면 내가 근무하는 병원에 잠깐씩 입원했다 퇴원하기를 반복하셨다. 인지 상

태가 워낙 좋으셨기에 병원 생활을 많이 힘들어하셨다. 시아버님
은 요양병원을 유독 싫어하셔서 선택의 여지가 없을 때만 할 수
없이 입원하셨다. 시아버님은 당신의 마지막을 꼭 보훈병원에서
보내길 원하셨다. 우리가 여행을 떠나기 1주일 전 시아버님은 당
신의 의지대로 보훈병원에 입원하셨다. 주치의로부터 폐의 기능
이 얼마 남지 않아 얼마 못 사실 것 같다는 판정을 받았다. 여행을
갈 것이냐 말 것이냐를 두고 남편과 나는 고민에 빠졌다. 보훈병
원에 계신 시아버님을 찾아뵈었다. 여전히 기력이 쇠하신 것 외에
눈에 보이는 큰 변화는 없었다.

"아버님, 저희가 1년 전에 중국 여행을 잡아 놨는데 그게 이번
주에요. 5박 6일 동안 아버님을 뵐 수가 없어요. 아버님 건강
이 안 좋으신데 여행을 가려니 걱정도 되고 마음이 무거워요."
"오랜만에 가는 건데 갔다 와라. 나는 괜찮다. 너희들 올 때까
지 기다리마."

'혹시라도 우리가 없을 때 돌아가시면 어떡하지?'라는 생각만 해
도 그 죄책감을 견딜 수 없을 것 같았다. 무엇보다 임종 시 외롭지
않게 가족이 꼭 배웅해 드려야 한다는 것에 중점을 두고 있던 나

였다. 남편이 내게 말했다. "아버지가 기다리신다잖아. 내일 일은 아무도 모르는 건데, 일어나지 않은 일을 미리 걱정하지 말자. 아버지를 믿고 갔다 오자." 남편과 나는 무거운 마음으로 여행길에 올랐다.

시아버님은 약속대로 우리를 기다리셨다. 우리의 얼굴을 보며 매우 기뻐하셨다. 시아버님의 건강 상태는 우리가 여행을 떠나기 전보다 훨씬 나빠져 있었다. 호흡곤란으로 산소를 공급받고 있었다.

> "아버님, 오늘 짐 정리 좀 하고 내일부터는 아버님 곁에 있을게요. 하루씩 번갈아 가며 아버님 곁을 지킬게요."

시아버님은 고개를 끄덕이며 얼른 집에 가서 쉬라고 하셨다. 간호사실에 들러 혹시 무슨 일이 생기면 새벽이라도 연락을 달라고 당부한 후 병원을 나왔다. 당시 나는 대학원 석사과정 중에 있었다. 졸업을 앞두고 논문 준비에 한창 열을 올리던 때였다. 집에 돌아와 쇼핑백에 노트북과 참고 문헌 등을 주섬주섬 챙겨 담았다. 내일은 내가, 이튿날은 시누이가 시아버지 곁을 지키기로 약속이 되어 있었다.

새벽 4시 30분경 전화벨이 울렸다. 시누이였다. "올케야, 아버지가 위독하시대." 남편과 나는 서둘러 병원에 도착했지만, 시아버님은 이미 돌아가신 뒤였다. 산소마스크를 쓴 채 옆으로 누워계신 시아버님의 몸은 아직 온기가 남아 따뜻했다. 허망함과 죄스러운 마음에 눈물이 흘러내렸다.

"아버님, 저 왔어요. 아들도 왔어요. 딸도 왔어요. 너무 늦게 와서 죄송해요. 마지막 길 혼자 가시게 해서 정말 죄송해요. 좋은 곳에서 편히 쉬세요."

시아버님의 몸을 꼭 안아드렸다. 시아버님의 호흡은 멎었지만, 모니터에 그려지는 심장 리듬이 미세하게 움직였다. 가족들은 마지막 인사를 건넸다. 시아버님은 나를 기다리겠다는 약속을 지키셨건만, 나는 시아버님의 임종을 지키겠다는 약속을 끝내 지키지 못했다.

2019년 6월경, 친정아버지는 호흡곤란으로 병원을 찾았다. 아버지의 폐에는 물이 많이 차 있었다. 응급으로 물을 빼내고 호흡은 좋아졌지만, 추가 검사를 반드시 받아야 한다고 했다. 결과는 폐암 말기였다. 주치의는 남은 여명이 3개월이라고 했다. 10여 년 전에 대장암 3기 수술을 받은 후 완치 판정을 받고 잘 지내오셨는데 다시 폐암이 찾아온 것이다. 남은 여명이 3개월이라는 말에 아버지는 자리를 박차고 일어나셨다.

> "다들 일어나. 나는 퇴원해서 집에 갈련다. 어차피 죽는 거라면 집에 가서 죽을 것이고. 더 치료할 것도 없이 내가 하고 싶은 대로 하다가 죽을 거니까, 빨리 짐 싸."

주치의는 집에 돌아간다 해도 곧 재입원할 것이라 했다. 아버지는 의사의 말도, 가족의 말도 듣지 않으셨다. 집에 있다가 당신이 영 못 견디겠으면 알아서 병원에 오겠노라 하셨다. 자식이 만류하자, 당신이 아무리 힘들어도 자식 앞에선 내색하지 않겠노라 하셨다. 아버지는 집에서 정말 당신 뜻대로만 하셨다. 매일 담배를 태우시고, 매일 목욕을 하시고, 매일 손·발톱을 깎으셨다. 그러나 점점 기침이 심해지고, 숨이 차고, 통증이 심해지는 게 보였다. 아버지는 당신의 말씀을 그대로 실행하셨다. 자식 앞에선 모든 고통을 참으셨다. 대신 엄마를 괴롭히셨다. 그런 아버지의 모습에서 당신 인생을 당신 의지대로 살아내고자 하는 굳은 결의가 느껴졌다.

10월 2일 오전, 여동생으로부터 전화가 왔다. 아버지가 호흡곤란이 심해져 당신 발로 병원에 가겠다고 하신다는 거였다. 아버지는 119 들것에 눕기 싫다며 걸어서 구급차에 오르셨다고 했다. 근무 중이던 나는 조기 퇴근하여 아버지가 계신 용인 세브란스 병원으로 향했다. 내가 도착했을 당시 아버지의 의식 상태는 불안정했다. 엄마와 여동생을 알아보신 게 마지막이었다. 아버지는 고농도 산소 공급기에 의지해 호흡을 유지하고 있었고, 의사소통은 불가능했다. 나를 포함하여 늦게 도착한 가족은 아버지와의 마지막 인사를 나누지 못했다.

우리 가족은 병원에 1인실을 요청했다. 온 가족이 아버지 곁을 지키기로 했다. 우리 가족 모두와 작은아버지의 가족, 조카들까지 10여 명이 넘는 가족이 병원에 남았다. 나와 엄마는 아버지 곁을 지키고, 나머지 가족은 병원 로비에서 잠을 청했다. 아버지는 입을 벌린 채 고농도 산소 공급기에 의지해 숨을 쉬었다. 나는 아버지의 옷을 단정히 하고 매무새를 다듬었다. 대소변을 받을 기저귀를 채웠다. 아버지는 혼수 상태로 빠져들었다. 밤새 미동도 없이 기계적인 호흡을 들이마시고 내쉬었다. 전신은 창백했고, 벌려져 있던 입안과 입술이 빠짝 말라 갈라졌다.

오전 6시, 간호사가 들어왔다. 간호사는 혈압을 측정했다. 수축기 혈압이 60대라고 했다. 간호사는 산소공급을 위한 증류수를 교체하러 다시 오겠다고 했다. 나는 간호사에게 잠시 기다려 달라고 한 후 엄마에게 말했다.

"엄마, 아빠가 생전에 늘 말씀하셨잖아요. 구질구질하게 연명하기 싫다고. 깔끔하게 살다 가게 해달라고. 그래서 지금까지 집에서 버티다가 이제는 안 되겠다 싶어 당신 발로 병원에 오셨잖아요. 아빠, 산소 공급기 때문에 밤새 입 벌리고 숨 쉬느라 입안이 다 갈라졌어요. 아빠가 원하지 않을 거예요. 우리가 아빠 편히 보내드려요."

로비에서 긴긴밤을 보낸 가족들 모두가 병실에 들어왔다. 고농도 산소 공급기가 멈추고 30초가 걸리지 않았다. 아버지는 평온한 모습 그대로 주무시는 것 같았다. 밤새 벌려져 있던 입을 오므려 주었다. 기저귀는 아무 배설물도 없이 뽀송했다. 아버지 생전의 결심처럼 추한 모습은 전혀 볼 수 없었다. 단정한 몸, 깔끔한 헤어, 짧게 깎인 손·발톱, 돌아가시기 전까지 당신의 배설물 하나 보여주지 않으셨다. 세상에서 가장 단정한 모습으로 온 가족이 바라보는 가운데 조용히 생을 마감하셨다. 지금까지 살아오며 내가 만난 죽음 중에 가장 아름다운 죽음이었다. 우리 가족들은 세상에서 가장 아름다운 이별을 했다.

우리 삶의 최종 목적지는 죽음이다. 죽음이란 영원한 이별을 의미한다. 잘 죽는다는 것은 잘 이별한다는 의미이기도 하다. 죽음의 순간을 내가 정할 수는 없다. 하지만 죽음을 등한시하지는 말아야 한다. 일상 안에서 죽음을 자연스럽게 이야기하고, 죽음에 대한 자신의 미래상을 그려보는 경험은 필요하다. 우리는 결국 모두와 이별하기 위해 산다.

〈잠〉

따뜻한 물로
하루의 먼지를 씻어낸다.

반듯한 침대에
무소유의 나체 하나 뒹군다.

푹신한 베개는 낮의 잡념을 흡수하고
포근한 이불은 지친 영혼을 끌어안는다.

잠들면 다 나약한 알몸 덩어리일 뿐

발버둥치지 말라 한다.

달콤한 이 순간
내일은 영영 오지 않을 것처럼
잠의 늪에 빠져 허우적거린다.

이별하지 못한 우리는
다시 또 여명을 맞는다.

제3장

요양병원
간호사로
만족하냐고
물었다

요양병원은
자신이 지나온
시간을 돌아보고
자신의 삶을
갈무리하는 곳이다.

현실과 타협한 선택

큰 물고기-작은 연못 효과(Big Fish - Little Pond Effect)는 교육 심리학자 허버트 마시가 제시한 이론이다. 이 이론은 자기 효능감과 성취도, 자존감에 핵심을 둔 이론이다. 뛰어난 사람들 안에서 평범한 사람으로 있는 것보다, 뛰어나지 않은 사람들 안에서 비범한 사람으로 있을 때가 훨씬 더 긍정적인 자기 평가를 만들어 낸다는 것이다. 공부를 잘하는 집단 내에서 상대적 박탈감을 느끼는 것보다 다소 성적이 낮은 집단 내에서 1등을 해 봄으로써 자신감을 얻고 자존감이 높아지는 경험을 하는 것이다. 비슷한 표현으로는 '용의 꼬리보다 뱀 머리가 낫다.'라는 우리말 속담이 있다.

나에게 요양병원은 분명 현실과의 타협이었다. 나의 바람은 대학병원과 상급종합병원에서 엑설런트한 간호사로 일하는 것이었지만, 현실은 나에게 기회를 주지 않았다. 속상한 마음이 들었지만, 오래가지 않았다. 이보다 더한 현실의 벽을 견디고, 이보다 더한 실망감을 다스리며 살아온 내가 아니던가. 경험으로 다져진 내 마음의 굳은살은 생각보다 훨씬 단단했다. 나는 상급종합병원에서 인정받는 간호사가 아닌, 요양병원에서 나만의 가치를 실현하는 간호사가 되기로 마음먹었다. 요양병원에 첫 출근 하던 날, 나는 목표를 세웠다. 가장 짧은 기간 안에 수간호사가 되겠다고.

요양병원 분위기에 적응하는 건 어렵지 않았으나, 업무에 능숙해지기까지 오랜 시간이 걸렸다. 다양한 만성질환자인 어르신들을 잘 케어하려면 질환에 대한 폭 넓은 지식이 필요했다. '아는 만큼 보인다.'라는 말이 딱 맞았다. 나는 의료 지식도, 경험도 부족한 간호사였다. 늦게 출발한 만큼 부족한 나의 역량을 끌어올리기 위해 부지런히 배웠고, 열심히 일했다. 같은 병동에 근무하는 직장동료와 타 부서원과의 관계 형성에도 성심을 다했다. 언젠가 기회가 주어진다면 그 기회를 반드시 잡고야 말겠다는 의지로 매 순간 최선을 다했다.

간호사로 근무한 지 2년이 다 되어갈 즈음, 믿기 어려운 일이 벌어졌다. 간호부장님으로부터 병동 팀장을 해보겠냐는 제안을 받은 것이다. 당시 내가 근무한 요양병원은 수간호사를 병동 팀장이라 불렀다. 내가 바라던 일이 현실로 나타났지만, 나는 선뜻 받아들일 수가 없었다. 턱없이 부족한 경력과 얇디얇은 지식을 가진 내가 어떻게 한 병동을 이끌어갈 수 있겠는가 말이다. 내가 목표로 설정한 짧은 기간은 최소 5년이었다. 아무리 뛰어난 능력자라도 2년 차 팀장은 말도 안 되는 일이었고, 있을 수도 없는 일이었다. 그 말도 안 되는 일이 내게 벌어졌다.

"부장님, 제가 그 일을 할 수 있을까요?"

"나는 선생님이 충분히 해낼 수 있다고 봐요. 선생님은 비록 간호사 연차는 짧지만 이미 사회 경험이 많고, 사람과의 관계가 원만하잖아요. 관리직을 맡기에 적절한 나이와 연륜을 가지고 있죠. 평간호사 10년 해봐야 팀장 1년 한 것만 못하고, 팀장 10년 해봐야 간호과장 1년 한 것만 못해요. 평간호사는 자기 업무만 하면 되지만, 팀장은 병동 전체를 관리하기 때문에 시야가 저절로 넓어져요. 평간호사일 때는 보이지 않던 많은 것을 보게 된다는 뜻이에요. 팀장을 하다가 그만두더라도 관리자를 한 사람과 하지 않은 사람의 차이는 엄청나요. 이미 보는 눈이 커져 있기 때문에 업무의 역량이나 업무에 임하는 태도가 남다른 거지요. 더 중요한 건 실무 능력이 뛰어나다고 해서 관리직까지 잘하는 게 아니라는 점이에요. 실무에 최적화된 사람이 있고, 관리에 최적화된 사람이 있는데, 내가 볼 때 선생님은 관리에 가까운 사람으로 보여요."

간호부장님의 말에 욕심이 났던 걸까? 무식해서 용감했던 걸까? 능력이 안 되어 물러나는 한이 있더라도 일단 해봐야겠다는 의지가 갑자기 솟구쳤다. 나는 밀려오는 걱정과 두려움을 뒤로 한 채 병동 팀장의 길을 가 보기로 결정했다.

호기롭게 팀장을 맡긴 했지만, 나는 한동안 웃지 못했다. 막중한 책임감과 그에 따른 심리적 압박감으로 매일 긴장 속에 살았다. 한 병동을 이끌어가기에는 간호사로서의 뼈대가 너무 약했다. 2년이라는 짧은 경력은 서툰 업무처리로 이어졌다. 무엇보다 팀장으로서의 실무는 차치하고라도 우선 어르신들 한 분 한 분의 상태 변화를 민감하게 봐야 했고, 자세하게 알아야 했다. 병동의 모든 어르신이 수시로 당신의 건강 문제에 관한 질문을 했다. 그 외에도 사사로운 일상의 문제를 해결해 달라며 팀장을 찾았다. 보호자도 팀장과의 상담을 원했다.

팀장은 병동에서 일어나는 모든 일을 알아야 했다. 병동에서 발생하는 크고 작은 이벤트를 해결해야 했다. 부서원 간의 갈등을 중재하고, 타 부서와의 충돌을 막아야 했다. 주말이고, 공휴일이고 병동에서 걸려 오는 전화를 받아야 했다. 업무는 아무리 많아도 해낼 수 있었고 그다지 벅차게 느껴지지 않았다. 내가 가장 힘들었던 건 결정을 내리는 일이었다. 부서원도, 어르신도, 보호자도, 타 부서도 하나 같이 내 입을 통해 어떤 답을 듣기를 원했다. "팀장님, 어떻게 할까요?" 나는 이 말이 제일 무서웠다.

'오늘은 또 어떤 일이 일어날까. 내가 대응을 못해서 어르신들에게 문제라도 생기면 어떡하나, 혹시 의사가 하는 말을 못 알아들으면 어떡하나, 보호자의 질문에 적절한 대답을 못하면 어떡하나, 부서원들이 나의 부족함을 알아차리면 어떡하나, 내가 감당 못할 만한 어려운 일이 생기면 어떡하나. 아, 제발 아무 일 없이 조용하게 지나갔으면 좋겠다.'

출근이 즐겁지 않았다. 하루하루가 두렵고 불안했다. 어떤 날은 심장이 두근거리고 식은땀이 났다. 여기저기서 불러대는 "팀장님!" 소리가 종일 나의 어깨를 짓눌렀다. 평간호사일 때는 퇴근하고 나서 병원 일을 생각해 본 적이 없다. 업무에 익숙해진 이후로는 딱히 무언가를 더 배우려고 노력하지도 않았다. 팀장이 되고 보니 '근무시간에만 열심히 하면 되지.'라는 안일한 마음으로 일해 온 과거의 내가 보였다. 팀장이 된 후에야 비로소 나 자신이 얼마나 미흡하고 부족한 사람인지를 알게 되었다. 겁 없이 팀장이란 직책을 덥석 받아버린 나의 선택이 얼마나 무모한 결정이었는지를 깨닫게 되었다.

"2년 차가 뭘 안다고. 아는 것도 없는 게 팀장이라니. 팀장은 아무나 하나."

이 말을 듣지 않기 위해 정말 열심히 노력했다. 미처 경험으로 익히지 못한 부분은 책을 통해서라도 배우고 익혔다. 다양한 성인병과 노인성 질환에 대해 더 깊이 공부했다. 어르신들에게 일어날 수 있는 응급상황과 증상별 대처 방안 등을 머릿속으로 시뮬레이션했다. 내가 어찌할 수 없는 부족한 경험은 앞으로 채워나가면 될 일이었다. 어려운 과정이었지만, 나에게 장착된 나만의 필살기를 믿고 꿋꿋이 버텼다. 위기에 직면할 때마다 포기하지 않는 근성과 배우는 자세, 높은 책임감, 인간관계의 노련함을 무기 삼아 하나씩 해결해 나갔다.

나의 의욕이 과했던 탓일까? 나는 어느새 부서원 모두가 완벽했으면 하는 욕심을 부리고 있었다. 정작 나 자신은 의식하지 못한 채 부서원들에게 업무의 정확성과 효율성을 지나치게 강요한 것이다. 어느 날 스트레스를 심하게 받은 부서원으로부터 장문의 카톡이 왔다. 사람마다 능력의 차이가 있는데 그렇게 몰아붙이면 기가 죽어서 어떻게 일하겠냐며 나의 직설적인 말투에 상처를 입었다고 했다. 부서원이 잘 모르면 열 번이고 스무 번이고 가르쳐 줘야 하는 것 아니냐고.

팀장님도 처음부터 잘하지는 않았을 테니, 자기 자신을 한번 돌아보라는 말까지 적혀 있었다. 정말이지 몇 번을 알려줘도 일이 안 되는 부서원이었다. 너무 황당하고 어이가 없어서 바로 카톡을 쓰기 시작했다. 본인의 업무 역량이 어느 정도인지 알고 있는지, 본인의 실수가 얼마나 큰 실수인지 알고 있는지를 거침없이 적었다. 한참을 길게 쓰다 보니 시간이 흘러서인지 순간적으로 올라왔던 감정이 조금씩 주저앉았다.

'그래, 장문의 카톡을 보낼 정도면 정말 힘들다는 거겠지. 나는 그냥 알려주려고 했을 뿐인데, 나의 강한 말투에 위축될 수도 있었겠다. 내가 팀장으로서 너무 잘하고 싶은 의욕이 앞섰나 보다.'

신기하게도 마음이 스르르 풀리면서 생각이 정리가 되었다. 길게 쓴 카톡을 모두 지웠다. "선생님이 그 정도로 힘든 줄은 몰랐어요. 솔직하게 말해줘서 고마워요. 나도 이 기회에 나 자신을 돌아볼게요."라고 보냈다.

이 사건을 계기로 나는 모든 직원과의 관계에 좀 더 성숙한 태도로 임했다. 나 자신을 낮추고 상대를 존중하는 마음으로, 한 사람 한 사람에게 진실한 마음으로 대했다. 나는 정말 운이 좋은 사람이었다. 의료진, 간호부, 타 부서 직원 등 대부분이 나에게 호의적이었다. 나의 부족한 의학적 지식을 보완해 주는 의사가 있었고, 서툰 관리 업무를 친절하게 이끌어 주는 선배 팀장이 있었다. 나의 부서원들은 큰 이의 제기 없이 잘 따라와 주었다. 2년 차에 팀장이 된 나는 그날 이후 이직하는 병원마다 수간호사로 근무했다. 살다 보면 나의 노력으로 어찌할 수 없는 불가항력의 상황에 놓일 때가 있다. 그렇다고 내가 저항할 수 없는 현실의 벽 앞에 실망만 하고 있을 일도 아니다. 나에게 이로운 방향이 무엇인지 고민하여 현실과 타협하고 절충하는 자세가 필요하다. 어디에서 일하느냐 보다 어떤 자세로 어떻게 일하느냐가 훨씬 더 중요하다.

02 ● ● ●

타인의 삶에 녹아드는 기쁨

　　　　　인간은 개인으로 존재하고 있어도 홀로 살 수 없으며, 다른 사람과 서로 부대끼며 함께 살아가는 존재다. 노년이 되어도 다르지 않다. 젊은 시절만큼의 적극적인 사회활동이 없을 뿐, 여전히 다른 사람과의 상호작용이 필요하다.

요양병원은 어르신들에게 집이자 직장 같은 곳이다. 삶의 기본 요소인 의식주를 해결하고, 어르신들만의 사회생활이 이루어지는 곳이다. 어르신들은 정해진 틀 안에서 생활한다. 식사 시간, 목욕 시간, 프로그램 시간, 물리치료 시간 등 하루 일정이 정해져 있다. 잠이 오지 않아도 병실의 불이 꺼지면 누워 있어야 한다. 어쩌면 어르신들이 속으로 '여기가 무슨 군대야!'라고 할지도 모를 일이다. 인지 저하와 치매 증상이 심한 분은 그저 본능적인 것에 집착하는 생활을 한다. 인지가 또렷한 어르신은 자기 생각이 분명하며, 두 부류로 나뉜다. 첫 번째는 자식 고생시키기 싫다며 노년을 이곳에서 잘 보내고자 하는 분이다. 두 번째는 당신을 요양병원에 입원시킨 자식이 괘씸하다며 소란을 피우거나 탈출을 시도하는 분이다. 인지 상태에 따라 차이는 있지만, 결국 어르신 개개인의 방식으로 이곳에 적응해 간다.

늙으면 아이가 된다는 말이 괜한 말이 아니다. 의사소통이 되지 않는 어르신도, 치매 증상이 심한 어르신도 누가 당신에게 친절하고 잘 해주는 사람인지 느낌으로 안다. 당신의 몸에 닿는 손길과 눈빛, 말투만으로 충분히 안다. 인지가 좋은 어르신은 누가 당신에게 진심인지 아닌지를 마음속에 저장해 둔다. 마음속에 잠재되어 있던 섭섭한 감정은 때때로 행동으로 표출되기도 한다. 요양병원 어르신들은 평범한 일상에서는 볼 수 없는 또 다른 모습의 사회인들이다. 우리가 어르신들을 그저 병든 노인들로만 바라본다면 이 또한 어르신들에겐 가슴 아픈 기억으로 남을 것이다. 어르신의 삶을 좀 더 깊이 있게 이해하기 위해 어르신을 사회구성원의 한 사람으로 바라보려는 노력이 필요하다.

매일 신문을 읽는 어르신이 있다. 돋보기를 쓰고 볼펜으로 줄을 그어가며 읽는다. 80대 초반인 이 어르신은 휠체어를 타야만 침상

밖으로 나올 수 있다. 어쩌다 신문 배달이 늦어지기라도 하면 침
상에 부착되어 있는 호출 벨을 몇 번이고 누른다. 가끔 소리를 지
르거나 공격적인 성향을 보이는 분이다.

"아버님, 신문 잘 보이세요? 글씨가 너무 작아요."
"보이니까 읽지!"

얼굴도 쳐다보지 않고 화난 듯한 목소리로 퉁명하게 내뱉으신다.

"아버님 연세에 신문을 매일 읽는 분은 아버님뿐이에요. 대단
하세요! 아버님, 혹시 젊었을 때 어떤 일을 하셨는지 여쭈어도
될까요?"

어르신은 고개를 들어 나를 한 번 휙 쳐다보시더니 말을 잇는다.

"나? 기계 고치는 기술자였어. 직장생활을 20년 정도 하다가
기계를 납품하는 사업을 했지. 돈 좀 벌어보려고. 그때부터 신
문을 읽었어. 무식하다 소리 듣기 싫은 것도 있고, 사업하는데
도움이 될까 해서. 여기에선 다들 나를 병든 노인네 취급을 하

니 내가 무슨 낙이 있겠어? 내 맘대로 할 수 있는 게 있길 하나. 다 저들 시키는 대로만 하라고 하니, 신문이라도 읽어야 살 것 같아. 세상 돌아가는 것도 알고."

어르신은 기다렸다는 듯 젊은 시절 얘기를 주절주절 풀어놓았다. 당신이 살아온 지난날을 회상하며 신이 난 사람처럼 보였다. 당신의 뛰어난 기술력 얘기, 사업하다 빚 진 얘기, 아내와의 결혼 얘기, 못난 자식 흉, 잘난 자식 자랑을 서슴없이 쏟아내셨다. 누구보다 열심히 살았는데 병원에 갇혀서 말년을 보낼 줄은 정말 몰랐다며 혀를 차셨다. 부인과 자식이 괘씸하다 하셨다. 이곳에선 모두가 당신을 아무것도 모르는 병든 늙은이로만 취급해서 화가 난다고 하셨다. 어르신은 나의 가족에 대해서도 많은 질문을 하셨다. 어르신과 나는 대화를 나누며 서로의 가족에 대해 웬만큼 아는 사이가 되었다. 어르신은 대화 끝에 가족을 위해 헌신하는 아버지의 노고를 잊지 말 것을 내게 신신당부하셨다.

사람은 누구나 자신의 이야기를 잘 들어주는 사람을 좋아한다. 어르신들은 특히 더 그렇다. 노인이 되면 말할 기회를 점점 잃어버린다. 젊은이들은 세대 차이가 난다는 이유로 노인과 대화하기를 꺼린다. 몸이 아픈 기색이라도 보이면 그나마 건강을 걱정하는 말

몇 마디 정도 던지는 게 전부다. 병원에서도 별반 다르지 않다. 간호사는 바쁜 업무에 쫓겨 어르신들에게 개인적 질문을 할 시간적 여유가 별로 없다. 내가 어르신들과 대화를 시도할 수 있었던 건 수간호사라는 직책 덕분이었다. 인력이 부족하여 실무를 하는 날도 많았지만, 오롯이 관리 업무에 집중할 수 있는 날도 있었다. 그 시간을 이용해 나는 어르신들과 많은 대화를 시도했다. 요양병원에서 어르신들은 누구 할 것 없이 '환자'라는 수식어 하나로 살아간다. 어르신들은 누군가가 당신에게 말을 걸어주길 기다린다. "오늘 기분이 어떠세요?"라는 질문에 구구절절 대답이 길어지는 이유는 '말'을 하고 싶어서이다. 당신의 이야기를 들어주고, 당신의 지나온 삶을 들여다봐 달라는 마음의 신호이다.

노년의 삶이 행복하려면 어떤 조건을 갖추어야 할까? 여러 가지가 있겠지만, 많은 사람이 돈, 건강, 일, 친구, 배우자 등 다섯 가지 요소가 필요하다고 말한다. 이 중 가장한 중요한 한 가지를 꼽으라면 나는 '친구'를 선택하고 싶다. 인간은 서로 부대끼며 살아가는 존재다. 끊임없이 타인과 상호작용하며 자신의 존재를 확인하고 싶어 하는 존재다. 인간에겐 자신의 삶을 타인으로부터 인정받고 싶은 욕구가 있다. 인간은 그동안 잘 살아왔다는, 애썼다는 한마디를 듣고 싶고 위로받고 싶어 하는 존재다. 우린 어르신들에게 친구가 되어야 한다. '병든 환자'라는 동일한 시각으로 바라볼 것이 아니라, 어르신들 개개인의 삶에 녹아들어 그들의 삶에 공감할 줄 알아야 한다.

나는 1971년 생이다. 보편적인 시각으로 볼 때 중년의 삶을 살고 있다. 병원에 계신 어르신들은 자연스럽게 혹은 인위적인 원인에 의해 인생의 마지막 계절을 보내는 중이다. 따뜻한 봄, 뜨거운 여름, 수확의 가을을 지나 그동안 저장된 곡식으로 살아내야 하는 추운 겨울을 맞이한 것이다. 요양병원에 입원하는 순간, 그 누구도 어르신의 지난 인생을 회자하지 않는다. 부모님의 은혜에 감사하는 마음은 장기간 부담해야 하는 병원비의 무게에 눌려 가족을 갈등에 빠뜨리기도 한다. 집에서 모신다 해도 마찬가지다. 누군가의 희생 없이는 불가능한 일임을 알기에 희생을 강요당하는 가족의 원성은 높아질 수밖에 없다. 나이가 들어 부양의 대상이 된다는 건 어찌 보면 슬픈 일이다. 자력이 아닌, 조력으로 살아가는 삶 앞에 당당할 수 있는 어르신은 거의 없을 것이다.

자식은 돈으로 부모님을 부양하고, 요양병원의 간호사인 우리가 돌봄을 대신한다. 어르신들은 자식에게 짐이 되는 당신들의 모습에 늘 속상해한다. 우린 어르신들을 돌보는 데 부담을 느끼지 않는다. 어르신들을 돌보는 것이 우리에겐 경제활동의 일부이기 때문이다. 돌본다는 것은 어떤 의미인가? 단순히 위험으로부터 보호하는 것만을 돌봄이라 하지 않는다. 돌봄이란 관심을 가지고 보살피는 것이다. 관심을 가진다는 것은 어르신들의 신체적 문제와 정서적 변화, 더 나아가 어르신들의 삶 그 자체를 살펴보는 것이다. 신체적 증상에 국한된 돌봄은 어르신들의 마음을 어루만지지 못한다. 청년은 희망으로 살고, 늙은이는 추억으로 산다고 했다. 어르신들에게 추억 회상은 현재 삶의 전부이다. 진정한 돌봄을 실현하기 위해 우린 어르신들의 삶 속에 스며들어야 한다. 소포클레스는 이런 말을 했다. "늙어가는 사람만큼 인생을 사랑하는 사람은 없는 것이다."라고.

세상의 잣대에 맞추려고 애쓰지 말자

　　　　항상 밝은 얼굴로 쓰레기통을 치우고 거리를 청소하는 환경미화원이 있다. 그 모습을 신기하게 여기던 한 젊은이가 이유를 물었다. 힘들지 않으시냐고, 어떻게 매일 그렇게 행복한 표정을 지을 수 있냐고 물었다.

"나는 지금 지구의 한 모퉁이를 청소하고 있다네."

최인철 님의 『프레임: 나를 바꾸는 심리학의 지혜』에 나오는 내용이다. 환경미화원은 청소라는 일을 단순히 돈을 버는 일이 아닌, '지구를 청소하는 일'이라는 프레임으로 바라보았다. 이처럼 세상을 어떤 마음의 창으로 보느냐에 따라 일을 대하는 개인의 태도는 달라진다. 행복한 사람은 대부분 의미 중심의 프레임으로 자신의 인생을 살아간다.

"행복은 '무엇'이 아니라 '어떻게'의 문제다. 행복은 대상이 아니라 재능이다."

나는 비교적 순탄치 않은 인생을 살았다. 물론 주관적인 내 생각이다. 나보다 훨씬 힘든 시기를 견뎌낸 분이 많다는 것을 잘 안다. 나는 힘들었지만, 불행하다는 생각은 하지 않았다. 순간순간 원망도 했고, 왜 이렇게 내 인생은 쉽게 풀리지 않는 걸까 화도 났다. 하지만 그럴 때마다 그냥 더 열심히 살았다. 그게 내 삶의 방식이었다. 나는 행복을 노력으로 얻을 수 있다고 믿는다. '포기하지만 않는다면 언젠가는 내가 원하는 삶을 살게 될 거야.'라는 마음 하나로 살아왔다. 힘들다는 이유로 내 인생에 불행이란 부정적 단어를 사용하고 싶지 않았다.

우리는 사람을 판단할 때 그 사람을 나타내는 수식어에 치중하는 경향이 있다. "어떤 사람이야?"라는 질문보다는 "뭐 하는 사람이야?"라는 질문이 더 흔하다. 내가 간호사라고 하면 "어느 병원에 근무하세요?"라고 묻는다. "요양병원에서 일합니다."라고 하면

"아, 요양병원."이라는 답이 돌아온다. 평소 간호사끼리 대화할 때도 "그 사람 대학병원 간호사래, 그 사람 요양병원 간호사래."라는 말 속에 온도 차가 느껴진다. 요양병원에 면회 오는 보호자 중에는 간혹 대놓고 요양병원 간호사를 무시하는 사람도 있다.

척·관절 전문병원에 면접을 볼 때의 일이다. 당시 면접 심사위원이었던 간호부장은 "나이가 있어도 할 수만 있으면 급성기 병원에서 일하는 게 맞죠. 요양병원은 간호사가 가장 마지막에 가는 병원이고, 언제든 갈 수 있는 병원이에요."라고 했다. 지금도 요양병원에 대한 인식은 전과 크게 다르지 않다. 급성기 병원에 비해 배울 게 별로 없는 곳, 수준이 다소 낮은 곳이라는 선입견이 있다.

대학원 석사과정에 입학했을 때의 일도 떠오른다. 자기소개를 하는 시간이었다. 입학한 간호사 대부분은 상급종합병원과 전문병원 간호사였고, 관리자가 대부분이었다. 요양병원 수간호사는 나 하나였다. 나의 소개를 듣던 동기들과 교수님의 표정에서 "아, 요양병원..." 묘한 반응이 느껴졌다. 이것이 요양병원 간호사인 나의 현주소였다. 물론 나의 자격지심 때문에 그렇게 느꼈을지도 모를 일이다.

간호사가 된 후 "결국 요양병원에 갔구나."라는 말이 듣기 거북했다. "요양병원이니까 그 연차에 수간호사가 됐지."라는 말도 듣기 거북했다. 하지만 나는 개의치 않았다. 단지 듣기 거북했을 뿐, 나의 앞날을 결정하는 것에 크게 영향을 미칠 사안은 아니었다. 오히려 그 반대였다. 어르신들과 함께하는 요양병원 생활은 내게 즐거움과 만족을 주었다. 요양병원을 기반으로 완성한 나의 석사 논문은 졸업과 동시에 가정간호학회지에 실렸다. 당시 내가 근무했던 요양병원은 상급종합병원에 비해 시설이나 의료기기, 인력 등 제반 환경이 열악했기 때문에 나는 석사학위 논문에 대한 걱정이 컸다. 논문에 관해 지도교수님으로부터 처음 지도를 받던 날, 교수님이 내게 해주신 말씀을 나는 지금도 생생히 기억한다.

"최 선생, 대학병원은 모든 게 잘 세팅되어 있으니까, 아무래도 논문을 쓰기가 수월하겠죠. 하지만 가치로 본다면 환경이 열악한 요양병원에서 완성한 논문이 훨씬 가치가 높을 거예요. 나는 최 선생의 논문을 학회지에 실을 생각이니까, 최선을 다해 봐요."

석사 동기 중 제일 먼저 학회지에 논문을 실은 사람은 나였다. 어떤 일이든 주어진 환경 안에서 최대의 방법을 찾아내면 되는 것이다. 결국 일에 대한 성취감과 개인의 행복은 '무엇'이 아니라 '어떻게'로 만들어 나가는 것이다.

심리학자 레비츠키(Lewicki)는 자신의 연구에서 타인을 능력 위주로 평가하는 사람은 자기 자신을 평가할 때도 능력을 가장 중요시한다고 했다. 자기 자신을 정의 내리는 기준이 능력이기 때문에 다른 사람을 평가할 때도 동일한 기준을 적용한다는 것이다. 반면 자기 자신을 정의하는 데 있어 '따뜻함'을 중요시하는 사람은 상대방을 평가할 때도 '따뜻함'을 기준으로 바라본다는 것이다. 돈을 중시하는 사람은 상대방을 돈으로 평가하고, 사회적 지위를 중요시하는 사람은 상대방을 사회적 지위로 평가한다는 것이다.

보통의 사람이 대기업을 선호하듯 간호사 역시 상급종합병원에 대한 기대치가 높을 수밖에 없다. 그렇다고 사회의 일반적인 프레임 안에 나를 가둘 필요는 없다. 이럴 때는 생각의 전환이 필요하다. 내 힘으로 어찌할 수 없는 주변의 평판에 흔들리는 건 어리석은 일이다. 팩트(fact)는 내가 요양병원 수간호사라는 것이다. 나는 그저 나의 현실에 충실하고 나 자신에 집중하면 될 일이다. 급성기 병원에서 뼈대가 굵은 간호사의 장점이 있듯이 나에겐 나만의 경험으로 다져진 단단한 마인드와 내공이 있다. 지금 내가 있는 이곳에서 나만의 가치를 찾으면 되는 것이다. 남들과 비교할수록 자신만의 무기는 힘을 잃어간다.

비교의 프레임은 나 자신을 초라하게 만든다. 배우는 기쁨과 도전하는 정신을 약하게 만든다. 비교의 대상은 타인이 아니라 나 자신이어야 한다. 어제의 나보다 오늘의 내가 한 단계 더 성장했는지, 내가 꿈꾸는 미래의 모습에 한 걸음 더 가까워졌는지에 집중해야 한다. 세상이 제시하는 근거 없는 잣대에 맞추려 애쓸 필요는 없다. 급성기 병원 간호사가 아니면 어떤가. 나는 요양병원 간호사로 얼마든지 당당하고 행복하다.

인생에서 필수 코스가 된 요양병원

고령인구란 만 65세 이상의 인구를 말한다. 유엔 (UN)은 고령인구 비율이 7%를 넘으면 고령화 사회, 14%를 넘으면 고령사회, 20% 이상이면 초고령 사회로 분류한다. 우리나라는 2017년에 고령사회에 들어섰다. 통계청은 2025년에 고령인구가 전체 인구의 20% 이상이 넘는 초고령 사회가 될 것이라는 전망을 내놓았다. 반면 출산율은 2023년 전국의 모든 시·도에서 1.0명 미만의 합계출산율을 기록하였다.

우리나라는 고령사회에서 초고령 사회가 되는데 7년이 걸렸다. 세계에서 가장 낮은 출산율 1위와 함께 초고령 사회 진입 속도가 가장 빠른 나라 1위를 달성한 것이다. 문득 나의 중학교 시절, 도덕 선생님의 말씀이 기억난다. 어린 나이에 노인 문제에 관심을 가졌을 리 없건만, 그날의 말씀이 나의 기억에 남아 있는 게 신기하다.

> "너희가 자라면 너희 1명이 여러 명의 노인을 부양해야 하는 시대가 올 거야."

KTV 대한뉴스 자료에 의하면 2022년 기준 경제활동을 하는 인구 1명당 평균 0.4명의 노인과 아이를 책임져야 한다고 한다. 50년 후인 2072년에는 3배를 넘어선 1.2명이 되면서 OECD(경제협력개발기구) 회원국 중 1위에 오를 것으로 예상했다. 낮은 출산율과 기대수명이 점점 늘어나는 추세가 반영되면 50년이 아니라 더 당겨질지도 모를 일이다.

노인 문제는 사회적으로 큰 문제다. 사람은 누구나 나이가 들어서도 집에서 생활하길 원한다. 하지만 젊은이는 사회구성원으로서 경제활동을 해야 한다. 경제활동 인구가 점점 줄어드는 마당에 젊은이를 노인 돌봄에 투입해서는 안 될 일이다. 늘어나는 노인 인구와 줄어드는 출산율은 젊은이와 노인 모두를 불행하게 만든다. 나는 종종 이런 생각을 한다. 지금 우리에게 노후대책이란 무엇일까? 돈을 많이 벌어 놓고 건강관리에 최선을 다하는 것으로 우리의 노후는 안전할까?

요양병원에 계신 어르신들 모두 당신의 노후를 병원에서 보낼 것으로 생각한 사람은 없을 것이다. 우리는 자신의 노후 모습을 미리 그려볼 필요가 있다. 자신의 인지 상태가 양호하고 스스로 움직임이 가능한 노년의 시기엔 무엇을 하며 어떻게 살아갈 것인지를 미리 상상해 보는 것이다. 또 어쩔 수 없이 요양원이나 요양병원에 들어가야 한다면 어떤 마음으로 현실을 받아들이고 적응해 나갈 것인지에 대해 고민해 보아야 한다. 자기 자신마저 잊어버리는 치매가 오기 전, 자신의 노년을 대비해 밑그림을 그려보아야 한다.

> "요양병원은 현대판 고려장이 아니다. 요양병원은 죽음을 기다리는 곳이 아니다. 요양병원은 자신이 지나온 시간을 돌아보고 자신의 삶을 갈무리하는 곳이다."

이건 나의 생각일 뿐이다. 요양병원에 계신 어르신들 대부분은 자식이 당신을 버렸다고 생각한다. 아들, 며느리 모두 직장생활을 하니 어쩔 수 없이 병원에 있는다 말하지만 내심 모두 속상해하신다. 나의 친정어머니와 시어머니도 마지막까지 요양병원에 가지 않겠다고 말씀하신다. 나 역시 같은 마음이다. 다만 요양병원에 가야만 하는 상황이라면 초연히 받아들일 마음의 준비는 되어 있다.

요양병원에서 주도적인 노년을 보내는 어르신이 있다. 80대 초반의 여자 어르신으로, 치매 증상이 심하지 않아 어지간한 대화는 모두 가능하다. 매일 아침 정갈하게 당신의 모습을 다듬으신다. 나이가 들면 힘쓸 곳이 없으니 많이 먹을 필요가 없다고 조금씩 자주 드신다. 당신의 물리치료 시간을 정확히 기억하고 미리 만반의 준비를 하신다. 병원에서 시행하는 프로그램 중에서 당신이 좋아하는 프로그램엔 적극적으로 참여하신다. 침상에서는 그림책 색칠하기를 열심히 하신다. 침상 옆에는 색칠을 완성한 그림책이 수북하게 쌓여 있다.

"어머니, 병원 생활 지겹지 않으세요?"

"지겹긴 왜 지겨워. 삼시 세끼 밥 주지, 빨래 다해 주지, 운동도 하고, 노래도 하는데 지겨울 게 뭐 있어."

"그래도 집에서 자식 얼굴 보면서 사는 게 더 좋지 않으세요?"

"집에 가봐야 더 외롭지. 요즘 집에서 노는 사람 있어? 다 일하러 나가면 혼자 우두커니 뭐하며 시간을 보내. 몸도 내 맘대로 못 움직이는데. 여기서는 도와주는 간병인이 있으니까 더 좋아. 아무리 착한 효자 자식이라도 같이 살면 힘들어. 나는 여기가 좋아. 자식 눈치 안 봐도 되고."

어르신은 늘 밝은 표정으로 지내셨다. 코로나가 터지기 전에는 면회나 외출이 자유로워서 주말이면 자식 집에 가서 1박을 하고 귀원 하는 날이 많았다. 어르신을 보며 '나도 나중에 나이가 들면 내발로 요양병원 들어가야지.'라는 생각을 하기도 했다.

내 마음이 원하든 원하지 않든 요양병원은 미래의 우리 집이 될 것이다. 우린 그 누구도 노화를 피해 갈 수 없다. 또한 우린 그 누구라도 예비 치매 환자일 수 있다. 나이가 들어 신체 기능이 떨어지고, 치매로 인해 정신마저 흐릿해지면 누군가 도움의 손길이 필요하다. 배우자가 있건 없건, 돈이 많든 적든, 사회적 지위가 높든 낮든, 잘났건 못났건 결국 요양원이나 요양병원에서 마지막 생을 보내게 된다. 자식이 부모님을 모시기 위해 자신의 인생을 포기할 수는 없지 않은가. 부모 또한 자식의 희생을 원치 않을 것이다.

어르신의 생신날 요양병원에서 가족이 모인다. 명절이면 요양병원에서 흩어져 있던 가족이 모인다. 요양병원은 이제 집안의 가족이 모이는 큰집의 역할까지 하고 있다. 가족이 모여 각양각색의 집안 풍경을 만들어 낸다. 엉거주춤 뒷짐 지고 서 있는 아들, 알뜰살뜰 음식 하나라도 입에 더 넣어주고 옷매무새를 만져주는 딸, 냄새난다며 한 발짝 물러서 있는 며느리, 다정하게 휠체어를 밀어주는 사위 등이 보인다. 때때로 딸보다 더 딸 같은 며느리의 등장에 주변 어르신은 부러움의 눈빛을 보내고 직원은 감동한다. 가족 간의 불화가 심한 집안은 모여서도 시끄럽다. 가족이 아주 가끔 방문하거나 아예 들여다보지 않는 외로운 어르신도 계신다.

자식이 자주 오지 않는 어르신은 풀이 죽어 지낸다. 엄마 없는 아이가 기가 죽어 있는 것처럼 말이다. 아이와 노인의 공통점은 보살핌이 필요한 존재라는 점이다. 보살피는 사람의 존재감에 따라 더 당당하거나, 그렇지 못하거나 한다. 누구라도 어렸을 적 이런 기억이 한 번쯤 있을 것이다. 나의 형이나 동생 또는 부모님의 흉을 보는 사람에게 달려들었던 경험 말이다. 가족이란 그런 것이다. 많은 사람의 틈에서 당당히 기를 펴고 살아갈 응원군이 되어주는 것. 집이란 그런 곳이다. 흩어진 가족을 한곳에 모일 수 있게 해주는 곳. 이제 요양병원은 집으로써의 역할을 어찌 해낼 것인가를 고민해야 한다. 치료하고 케어하는 것을 넘어 가족이 한자리에 모여 서로의 정을 나눌 수 있는 따뜻한 공간이 되어야 한다.

요양병원은 병든 노인이 버려지는 곳이 아니다. 죽기 위해 들어가는 곳이 아니다. 지난 세월을 더듬어 보면 학교에 가기 싫어 칭얼 거리고, 대학 진학을 위한 공부가 싫어 몸부림친 기억이 있을 것 이다. 성인이 되어서는 마지못해 직장에 다니고, 일을 한 경험이 있을 것이다. 인간이 한평생 자신이 하고 싶은 일만 하며 살 수 없 듯, 때때로 자신의 의지와 다른 방향으로 삶이 흘러가듯, 피할 수 없는 현실을 우리는 견뎌야 한다. 이제 요양병원은 인간이 태어나 서 영아기, 유아기, 학령기, 청소년기, 중장년기, 노년기를 거치듯, 싫든 좋든 인생의 마지막 순간에 거쳐야 하는 필수 코스가 된 것 이다.

전인 간호, 존엄 케어를 실현하는 간호사

존엄은 비교할 수 없는 무조건적인 가치를 의미한다. 인간의 존엄성은 인간이라는 이유만으로 사람은 그 존재 가치가 있으며, 그 인격은 존중받아야 한다는 이념을 말한다. 질병을 앓는 노인이라는 이유로, 치매 환자라는 이유로 의견을 무시당하거나 사회로부터 소외당하는 일은 없어야 한다.

간호의 기본은 전인 간호이다. 전인 간호란 대상으로 하는 인간을 전인적으로 포착하여 신체적, 심리적, 사회적, 경제적 측면에서 그 사람이 갖는 건강상의 욕구를 전문적 지식을 가지고 판단하여 조직화된 간호직에 의하여 적절하고 일관된 계속 간호를 이루는 것을 말한다. 환자의 신체적 고통만을 해결해 주는 건 전인 간호가 아니다. 질병으로 인한 심리적 변화, 사회적 지위 변화에서 오는 불안, 병원비에 대한 부담 등 환자가 경험할 수 있는 총체적인 문제에의 접근을 말한다.

나는 뇌혈관 전문병원과 척·관절 전문병원에서 근무한 경험이 있다. 환자의 치료에 중점을 두는 병원이었기에 수술과 각종 검사, 드레싱 등 처치 업무가 많았다. 출근을 하면 눈코 뜰 새 없이 바빴다. 정해진 프로토콜에 따라 뛰어다니다 보면 어느새 퇴근 시간이었다. 환자의 표면적인 요청 사항을 들어주기에도 시간은 턱없이 부족했다. 나는 그 당시 시급을 다투는 요청은 즉시 해결해 주었지만, 그 외 요청에는 이렇게 답했다.

"환자분, 당장 처리해야 할 일이 밀려 있어서 지금은 도와드릴 수 없지만, 시간이 나는 대로 해결해 드리겠습니다. 혹시 늦더라도 제가 퇴근하기 전까지 꼭 다시 오겠습니다."

나의 이 말은 간호조무사 시절부터 시작됐다. 환자는 정확한 피드백을 받고 싶어 한다. 환자뿐만 아니라 나를 포함하여 모든 사람이 그럴 것이다. 사람들은 대부분 자신의 요청에 반응이 없으면 무시당하는 느낌을 받는다. 나는 상대방에 관한 관심을 기본으로 하는 관계 중심형의 업무처리를 선호한다. 사소한 일 하나라도 깔끔하게 마무리가 되지 않으면 퇴근하지 않았다. 이런 나의 태도 덕분에 나는 부서원들과 환자들로부터 깊은 신뢰감을 얻을 수 있었다.

요양병원에서는 이런 태도가 더더욱 요구된다. 요양병원에는 자신의 요구를 정확히 표현하기 어려운 어르신이 많다. 인지 상태가 심하게 저하되어 있는 경우, 의사소통이 쉽지 않다. 뇌혈관 질환 등으로 말뜻은 이해하지만, 말을 하지 못하기도 한다. 요양병원에서는 기다림의 미학이 필수이다. 어르신의 요구사항을 파악하려면 어르신의 전부를 알아야 한다. 어르신이 앓고 있는 만성질환의 종류, 복용하는 약물, 생활 습관, 평소에 예민하게 반응하는 어떤 지점, 성격, 이상행동을 하는 이유, 심리적 변화를 일으키는 다양한 원인, 가족관계, 젊은 시절의 직업 등 많은 것을 알수록 해답을 얻기가 쉬워진다.

신체적 고통 외의 요구는 대부분 심리적인 문제인 경우가 많다. 간병인이 맘에 들지 않아서, 의사나 간호사에게 섭섭해서, 같은 방 환자와 다투어서 등의 이유로 터무니없는 요구를 하기도 한다. 인지가 조금이라도 있는 어르신에겐 정확한 답을 드려야 한다. "어르신, 이건 제가 언제까지 해 드릴게요. 어르신, 이건 제가 해 드릴 수 없어요."라고 알려주는 게 좋다. 어벌쩡 넘어가려는 태도는 어르신의 마음을 더 불안정하게 한다.

요양병원에 계신 어르신들은 남은 생을 덤이라 생각하고 살아간다. 덤이라는 시간은 죽음을 향해 뻗어 있는 통로이다. 요양병원에서 근무하다 보면 어쩔 수 없이 죽음에 익숙해진다. 그렇다고 80~90년 오랜 세월 살았다고 해서 죽음이 당연한 건 아니다. 어르신들에게 죽음이 당연한 것처럼 대하는 것은 인간의 존엄성을 인정하지 않는 것과 같다. 죽기 직전까지 개개인이 가지는 고유한 가치와 인격은 존중받아야 한다. 존엄 케어의 시작은 남은 생을 대하는 어르신들의 생활방식, 죽음을 대하는 태도 등에 관심을 가지는 것으로부터 출발한다.

나의 친정아버지는 폐암으로 돌아가셨다. 돌아가시기 전날 응급실에 계셨다. 아버지의 진료기록이 있는 병원이었고, 아버지는 연명 치료를 하지 않겠다는 결정과 함께 집에서 지내시다 호흡곤란이 심해져 구급차를 타고 내원한 상태였다. 의사는 아버지의 상태를 눈으로 한 번 본 후 루틴 처방을 냈다. 응급실에 들어가는 순간 받게 되는 각종 혈액 검사와 폐 CT 등이었다. 응급실 간호사는 처방대로 움직였다. 간호사는 이미 의식 저하가 있고, 고농도 산소를 투여 중인 아버지를 이동형 산소에 의지하여 폐 CT를 찍으러 가야 한다고 했다. 당시 나는 근무를 중단하고 아버지가 계신 병원으로 이동 중이었다. 가족이 보내온 동영상 속 아버지는 폐 CT를 찍으러 갈만한 컨디션이 아니었다. 나의 예측대로 내가 도착했을 당시 아버지는 폐 CT를 찍으러 가는 도중 산소포화도가 급격히 떨어져 이내 응급실로 돌아온 상태였다. 아버지는 이후 의식을 잃으셨다.

응급실 간호사가 와서 처방이 나 있는 검사를 해야 한다고 했다. 의식이 없으신 아버지를 대상으로 각종 검사를 하는 것을 나는 이해할 수 없었다. 나는 모든 검사를 보류해 달라고 했다. 간호사끼리 작은 목소리로 대화 나누는 소리가 들렸다. "DNR(심폐소생술 거부)인가 봐. 좀 어려워 보이지." 간호사는 아버지의 상태에 대해 일언반구 말이 없었다. 처방 수행에 필요한 말 외에 우리에게 어떠한 질문도 하지 않았다. 그날 응급실은 그리 바빠 보이지 않았다. 나는 의문이 들었다. 처방에만 충실할 게 아니라 그간의 경험을 토대로 환자의 가족에게 마음이 담긴 질문이나 말을 건넬 수도 있는 것 아닌가? 기계처럼 의사의 처방이 났으니 그저 그 처방대로 일하고, 일관된 표정으로 앵무새처럼 "결과가 나오면 담당의에게 물어보세요."를 반복하는 게 간호사로서의 최선인가 하는 생각에 씁쓸했다.

시아버님이 돌아가신 날도 나는 비슷한 경험을 했다. 위급한 상황이 생기면 언제든지 연락을 달라고 부탁했지만, 병동에서는 시아버님이 돌아가신 후에 연락을 줬다. 가족의 마음을 조금이라도 헤아릴 줄 아는 간호사였다면 보호자가 환자 옆을 지킬 수 있도록 미리 연락을 주었을 것이다. 부모님이 위급하시다는데 뛰어오지 않을 자식은 거의 없다. 부모도, 자식도 임종의 순간을 함께하고 싶은 마음은 간절하다. 간호의 사전적 의미는 다쳤거나 앓고 있는 환자나 노약자를 보살피고 돌보는 것이다. 질병에 국한되어 매뉴얼대로 일만 잘하는 간호사는 진정한 의미의 간호사가 아니다. 환자 간호의 범위를 어디까지 설정할 것인가는 개인의 몫이지만, 환자에게 보호자는 분명 중요한 존재다.

간호학과 교과목 중에 '생명 윤리'가 있다. 개인적으로 관심이 많았던 과목이라 정말 집중해서 수강했던 과목이다. 수업 시간에 인간의 존엄사, 안락사 등에 대해 토론하고 리포트를 제출한 기억이 난다. 죽음에 관련된 내용인 만큼 제법 열성적으로 토론한 학생이 많았다. 그중 지금까지 나의 기억에 남아 있는 건 학생들의 이야기가 아니라, 교수님의 아버지 이야기다. 수업 시간에 아버지의 투병 이야기를 하며 눈물을 글썽거리던 교수님의 얼굴이 지금도 생생하게 기억난다.

"아버지는 위암 말기 진단을 받고 지금 호스피스 병동에 계세요. 아버지는 참 다정한 분이셨어요. 나는 아버지를 정말 사랑해요. 근무를 마치고 매일 아버지를 뵈러 가는데, 심한 통증으로 힘들어하시는 아버지를 보면 마음이 너무 아파요. 내가 어떻게 해 드릴 수 있는 게 없으니까요. 아버지는 마약성 진통제로 하루하루를 견디고 계세요. 나는 아버지를 보내고 싶지 않고, 아픈 아버지여도 아버지가 우리 곁에 오래오래 계셨으면 했어요. 앞으로 아버지 얼굴을 못 본다고 생각하니까, 내 마음이 미쳐버릴 것 같았거든요. 그런데 그건 나의 이기심이었어요."

어느 날 교수님은 유난히 힘들어하시는 아버지를 보며 아버지의 손을 꼭 잡고 울면서 이렇게 말했다고 한다.

"아버지, 힘드시겠지만 조금만 더 힘을 내 주세요. 전 아버지가 없는 걸 상상할 수 없어요. 힘을 내셔서 우리 곁에 조금만 더 오래 있어 주세요."

눈에 눈물이 그렁그렁하신 채 힘들게 뱉으신 아버지의 한마디는 "나, 너무 힘들어. 그만 보내줘."였다고 한다. 교수님은 아버지의 이 말을 듣는 순간, 그 자리에 털썩 주저앉아 펑펑 울었다고 했다. 아버지를 오래도록 보고 싶은 건 남은 가족의 이기심이었을 뿐, 고통에 몸부림치시는 아버지를 진정으로 위하는 길이 아니었다는 사실에 가슴이 무너졌다고 했다. 아버지의 힘겨운 눈물을 보며 '이제 정말 아버지를 위해 편히 보내드려야겠다.'라는 생각을 했다고 했다. 요양병원에서 맞이하는 수많은 죽음을 보며 나는 늘 고민한다. '진정한 전인 간호란 무엇일까? 진정한 존엄 케어란 무엇일까?'를.

06 • • •

요양병원 간호사의 자존감

상급종합병원에는 당장 치료가 시급한 환자가 입원한다. 의료진의 업무는 질병의 급성기 치료에 집중된다. 상급 종합병원에 입원한 환자는 검사와 치료 및 수술이 끝나면 일정 기간 입원 후 퇴원해야 한다. 환자가 더 있고 싶다고 해서 입원 기간을 마음대로 연장할 수 없다. 요양병원에는 급한 치료를 끝내고 당장 집으로 돌아갈 수 없는 환자가 잠시 입원하기도 하지만, 대부분 6개월 이상 수년간 장기간 입원 생활을 하게 된다. 요양병원에 입원하는 환자는 대부분 65세 이상의 노인들이다. 의료진의 업무는 보존적 치료와 돌봄에 집중된다.

긴 시간 함께 생활하다 보면 저절로 서로에 대해 많은 것을 알게 된다. 요양병원은 단순히 환자가 호소하는 신체적 증상에 초점을 맞추는 것으로는 충분하지 않다. 상급종합병원에서는 환자를 위한 치료 방향을 질병에 맞추어 일방적으로 정할 수 있다. 요양병원은 그렇지 않다. 의료진과 환자, 그리고 보호자까지 서로 적응하고 알아가야 한다. 치료 방향을 정함에 있어서도 환자와 보호자의 의견을 수렴해야 한다. 게다가 치매로 인한 이상행동 증상이 심한 환자가 많아 치료보다는 돌봄이 우선되어야 하는 곳이기도 하다. 제대로 된 돌봄을 제공하려면 환자 개개인의 특성이나 지나온 삶까지 이해해야 하는 곳이기도 하다. 요양병원을 한마디로 표현하자면 치료와 요양을 위해 함께 더불어 살아가는 곳이다.

60대 후반의 남자 환자는 뇌경색 후유증으로 편마비가 있었다. 왼쪽에 마비가 있어 왼쪽 팔은 사용하지 못했다. 오른손으로 지팡이를 짚고 왼쪽 다리를 끌면서 천천히 걷는 건 가능했다. 뇌혈관 질환을 앓게 되면 인지 기능 저하도 함께 오는 경우가 많다. 이 환자의 경우 대화가 되기는 했으나 고집이 상당히 센 편이었다. 침상에 누워 있는 시간이 많은 요양병원 환자는 변비 증상을 자주 호소한다. 이 남자 환자도 변비 증상이 있어 하루 세 번 변비약을 복용 중이었다. 환자는 주기적으로 배변하고 있었다. 배변이 되고 있음에도 계속 불편감을 호소하여 X-ray를 찍어 확인했다. 남자 환자는 장에 분변이 없음이 확인되었지만, 집요하게 변비약을 요구했다. 변비약을 주지 않으면 지팡이를 휘두르며 협박했다. 지팡이는 위험 물건이라 수거 대상이지만, 환자에겐 보행 보조기구이기에 뺏을 수도 없는 상황이었다.

인지 저하가 있는 환자는 이렇게 무엇 하나에 꽂히기도 한다. 그렇다고 환자가 24시간 내내 화를 내는 건 아니다. 나는 환자의 관심을 돌리기 위해 노력했다. 물리치료에 적극적으로 참여시키고, 병실에 들어갈 때면 복부 마사지를 해주었다. 옥상 공원에 함께 올라가 대화를 나눴다. 때론 변비약 대신 소화제를 주기도 했다. 환자가 간호사실을 향해 걸어오면 먼저 뛰어나가 인사했다.

"아직 변 못 보셨어요? 답답하겠어요. 저랑 병동 복도 조금만 더 걸어요. 운동하고 변비약 드릴게요.", "오늘은 약 대신 주스 한 잔 드셔보세요. 이거 마시면 변이 잘 나온대요."

나는 당신에게 관심이 많고, 특히 당신의 배변에 신경을 쓰고 있다는 것을 지속하여 알렸다. 서서히 효과가 나타나기 시작했다. "오늘은 조금 더 기다려볼게요." 약을 달라는 횟수가 점점 줄어들기 시작했다. 일반 병원이라면 변비약을 주고 말면 될 일이었다. 하지만 요양병원은 일상생활을 함께하는 곳이다. 환자가 증상을 호소한다고 해서 무턱대고 약을 계속 줄 수도 없다. 요양병원 간호사는 환자의 신체적 증상 해결에만 초점을 두지 않는다. 환자의 어제를 기억하고 오늘을 함께 살며, 환자의 내일이 오늘보다 평안할 수 있도록 돕는 간호를 한다.

내가 근무했던 병동에는 집중치료실이 있었다. 그러다 보니 중증도가 높은 환자가 많았다. 환자의 대부분이 움직일 수 없어 침상을 벗어나지 못했다. 다른 병동에서 환자의 상태가 나빠지면 내가 있는 병동으로 전동을 왔다. 어느 날 80대 중반의 여자 어르신이 전동을 왔다. 종일 침대에 누워지내는 분이라고 했다. 상태가 나빠진 건 아니었고, 반복적으로 비위관(콧줄)을 뽑아버려 양쪽 손에 보호대가 적용 중인 어르신이었다. 어르신과의 쌍방향 대화는 되지 않았다. 의미 없는 말이지만, 당신이 하고 싶은 말을 일방적으로 뱉는 분이었다. "고마워요. 나는 왜 이러고 있는지 몰라. 뭐라고요. 좋아요. 아이고, 바쁘지요."

내 눈엔 어르신이 묶여서 지낼만한 분으로 보이지 않았다. 나는 간병인에게 어르신을 휠체어에 태워 간호사실 옆에 모셔달라고 했다. 간병인은 짜증을 냈다. 양손을 묶어서 침상에 가만히 눕혀두면 될 것을, 굳이 휠체어에 태우라고 하니 싫은 내색을 대놓고 했다.

"어르신은 움직임이 가능한 분이에요. 움직일 수 있는 분을 종일 묶어 두면 얼마나 갑갑하겠어요. 표현을 정확하게 못 하셔서 그렇지 정말 화나고 속상하실 거예요. 휠체어에 태워만 주면 어르신 돌보는 건 제가 할게요. 식사 시간 전까지 제가 돌보면 간병인님도 환자 한 명 덜 봐도 되니 오히려 편하고 좋을 텐데요."

나는 어르신이 콧줄을 빼는 것을 방지하기 위해 손에는 벙어리장갑을 씌웠다. 손을 묶지 않아 자유롭게 움직일 수 있게 하고, 손가락으로 콧줄을 잡을 수 없게만 했다. 어르신은 내 옆에서 쉼 없이 말씀하셨다. 가끔 내 말을 알아들으시는 것도 같았다. 어르신에겐 참 묘한 매력이 있었다. 얼굴이 웃는 상이셨다. 말씀을 참 귀엽게 하셨다. 대화가 되지 않아도 어르신과 말하는 게 즐거웠다. 내가 출근하는 날이면 어르신은 늘 휠체어를 타고 내 곁에 계셨다. 여전히 대화는 안 되었지만, 밝고 편안한 표정으로 혼잣말을 하곤 하셨다. 훗날 나는 주치의로부터 감사 인사를 들었다.

"수 선생님, OOO 어르신이 전에 있던 병동에서는 병실 밖으로 한 번도 안 나오셨어요. 24시간 내내 침상에 묶여 있었어요. 수 선생님 덕분에 어르신의 표정이 정말 달라지셨어요."

요양병원에서 4년째 잘 생활하고 계신 여자 어르신이 있었다. 80대 중반에 심부전을 앓고 있는 분이었다. 신체 증상에 따라 약물을 조절하여 단 한 번의 상태 변화 없이 안정적으로 계신 분이었다. 어르신의 단점이 있다면 건강염려증이 심하다는 것이었다. 어르신은 어느 날 약간의 소화불량을 호소하셨다. 주치의가 세밀하게 봐주었고, 여러 정황을 살피며 필요한 약물을 추가하거나 빼거나 했다. 어르신에게 평소와 크게 다른 변화가 관찰되지는 않았다. 그런데 무슨 일인지 어르신이 무조건 큰 병원에 가서 검사를 받아야겠다고 고집을 부리시는 것이었다. 급기야는 아들을 불러 퇴원 처리를 하고 큰 병원으로 가셨다. 주치의와 나는 굳이 전원까지 가실 상황은 아니라고 만류했지만, 결정에 대한 권리는 환자와 보호자의 몫이었다.

나는 걱정이 되었다. 심장이 안 좋은 어르신이었기 때문이다. '상급종합병원에 가면 프로토콜대로 검사를 진행할 텐데, 견뎌내기 쉽지 않을 텐데.' 불안감이 엄습했다. 노인 환자의 경우 앓고 있는 질환이 같다고 해서 동일한 방법으로 접근하지 않는다. 노인 환자 치료는 정답이 없다. 수십 년간 노인 환자를 치료한 전문의는 이렇게 말한다.

"노인 환자에게는 약물을 추가하는 것보다 줄이려고 노력해
야 한다. 시급한 치료나 수술이 필요한 상황이 아니라면 현재
의 상태를 잘 유지하는 것을 목표로 해야 한다. 노인은 대학병
원에서 실시하는 여러 검사를 견디는 자체가 무리수가 될 수
있다."

한 달 후 어르신은 혼수 상태로 재입원하셨다. 예상대로 검사를
받던 도중 급격하게 상태가 나빠지셨다고 했다. 심지어 엉덩이에
욕창까지 생기셨다. 말 그대로 걸어 들어갔는데 누워서 나온 것이
다. 어르신은 얼마 후 돌아가셨다.

요양병원은 질병의 치료를 위해 최첨단 의료기기로 검사를 하고,
높은 수준의 기술력으로 환자를 수술하는 곳이 아니다. 상급종합
병원처럼 적극적인 치료를 하지 않는다고 해서 결코 어르신들에
게 무심하지 않다. 오히려 그 반대다. 어르신들의 일거수일투족에
관심을 가지고 작은 변화 하나라도 놓치지 않으려고 노력한다. 어
떻게 하면 어르신들이 최상의 컨디션을 유지할지를 고민한다. 어
떻게 하면 어르신들의 마음이 평온해질지를 고민한다.

요양병원은 어르신들에게 삶 그 자체다. 죽음을 기다리며 생활하는 공간이라 해서 잠시 머무는 곳이 아니다. 요양병원의 간호사는 어르신들의 안위를 위해 어르신들에게 관련된 모든 것을 살피는 존재다. 요양병원의 간호사는 어르신들의 지난 인생을 흡수하고, 어르신들의 남은 인생을 함께하는 동반자 같은 존재다.

07

오늘도 요양병원으로 출근한다

중학교 시절 나의 담임 선생님은 정주영 회장님을 좋아하셨다. 이렇게 기억하는 이유는 선생님이 수업 시간에 정주영 회장님에 관한 얘기를 자주 들려주셨고, 정주영 회장님의 『이 아침에도 설렘을 안고』라는 책을 학생들에게 보여주셨기 때문이다. 선생님이 내게 책을 주셔서 읽었던 기억이 있다. 어린 나는 흥미를 느끼지 못했다. 책의 일부만 읽고 이내 선생님께 돌려드렸었다.

"나는 젊었을 때부터 새벽 일찍 일어났습니다. 왜 일찍 일어났느냐 하면, 그날 할 일에 대한 기대와 흥분으로 마음이 설레 늦도록 자리에 누워 있을 수가 없었기 때문입니다."

비록 책을 다 읽지는 않았지만, 책 제목만큼은 나의 뇌리에 강하게 박혀 있다. '이 아침에도 설렘을 안고'라는 문장은 내 인생의 모토(motto) 같은 글이다. 나는 아침에 잠이 많다. 아침에 일어나는 게 참으로 고통스럽다. 하지만 아이러니하게도 출근을 위해 차 시동을 켜는 그 순간이 나는 최고로 행복하다. 뇌에서 도파민이 마구마구 분비되는 느낌이다. 마흔여섯이라는 늦은 나이에 간호사가 된 나는 매일 새로운 마음으로 출근한다. 물론 힘든 날도 있다. 힘들 땐 그 힘듦마저도 슬기롭게 넘기는 멋진 내 모습을 상상한다. 어려운 문제를 해결했을 때의 그 짜릿함에 매료되면 일은 그저 즐거운 놀이가 된다.

나는 열여섯 살부터 일을 했다. 출산과 육아로 잠깐 쉰 시간을 빼더라도 대략 37년간 일을 해 왔다. 그중 산업체 고등학교에서 일한 3년은 내게 고통이었다. 그곳에서의 일은 내가 선택한 게 아니었기 때문이다. 고등학교를 졸업한 후 나는 다양한 일에 도전했다. 생계를 위한 일이었을지언정 모든 일이 재밌고 흥미로웠다. 어떤 일이든 선택의 주체가 나였기에 잘 해내고 싶었을 뿐, 힘들지 않았다. 정주영 회장님의 어록처럼 그날 할 일에 대한 기대와 흥분으로 출근하는 게 그저 신났다. 나는 무료하고 권태로운 삶, 정체되어 있는 삶을 견디지 못한다.

주말마다 면회를 오는 남자 보호자가 있었다. 요양병원에 입원해 있는 환자는 보호자의 남동생이었다. 환자는 뇌혈관 질환으로 쓰러져 편마비가 심했고, 파킨슨을 앓고 있어 전신 구축이 진행되고 있었다. 또한 자가 배뇨가 되지 않아 유치도뇨관(소변줄)을 삽입하고 있었다. 상급종합병원에서는 환자의 치료를 목적으로 유치도뇨관을 삽입하고 2주마다 교체한다. 유치도뇨관이 막히거나 어떤 문제가 있을 때는 교체 주기와 상관없이 즉시 교체한다. 환자가 입원한 지 6개월이 지난 시점에 보호자는 갑자기 환자에게 삽입된 유치도뇨관을 문제 삼으며 소란을 피웠다. 당시 회의에 참석 중이었던 나는 보호자를 응대하던 부서원의 당황한 전화를 받고 병동으로 올라갔다.

"보호자분, 무엇 때문에 그러세요?"

"당신 뭐예요?"

"제가 병동 수간호사입니다. 문제가 있으면 저에게 말씀해 주세요."

"여기 환자 소변줄 얼마 만에 갈아요?"

"환자마다 다르긴 한데, 평균적으로 한 달 이상 유지합니다. 물론 막히거나 어떤 문제가 있을 땐 바로바로 교체하고 있어요."

"내가 대학병원에 전화해 봤는데 2주마다 한 번씩 교체한다는
데요. 여긴 관리가 엉망이군!"

"대학병원은 치료를 목적으로 삽입하기 때문에 2주 맞아요."

"대학병원에서 2주라는데 왜 여기서는 한 달이나 꽂고 있어요!
나 환자 보호자협회 부회장이에요!"

보호자는 고소라도 할 기세였다. 눈을 부릅뜨고 나를 공격해 왔다.

"보호자분, 제가 잠시 설명을 좀 드려도 될까요? 저의 설명을
들은 후에 화를 내셔도 되고, 하실 말씀 얼마든지 다 하셔도 됩
니다."

"뭐요? 말해 봐요!"

"대학병원하고 요양병원하고 지침이 좀 다릅니다. 대학병원은
치료를 위해 잠깐 소변줄을 꽂기 때문에 2주마다 교체를 합니
다. 하지만 환자분의 경우, 소변줄 없이는 소변을 못 본다는 거
아시잖아요. 이런 경우는 소변줄이 막히지 않으면 최대 두 달
까지 유지하도록 권고하고 있어요. 보통은 한 달을 넘기지 못
해요. 막히거나 지저분해서 교체할 수밖에 없습니다."

"뭐라고요? 자주 갈아줘야 깨끗하고 좋지 무슨 말도 안 되는

소리예요. 대학병원을 따라가야지, 감염되면 병원에서 다 책임질 거예요?"

"필요하시다면 제가 근거 자료를 드릴 수도 있습니다. 하지만 보호자분, 이렇게 생각해 보면 어떨까요? 환자분의 생식기를 자주 건드리는 건 좋은 일일까요? 2주에 한 번씩 저 굵은 소변줄을 환자분의 생식기에 밀어 넣는다고 생각해 보세요. 환자에겐 고통스러운 일이에요. 또 간호사가 아무리 멸균법을 잘 지킨다 해도 삽입하는 순간, 세균이 따라 들어갈 수도 있지요. 자주 갈든 늦게 갈든 항상 감염의 위험성은 있습니다. 저희가 편하기 위해서도 아니고, 돈을 아끼기 위해서도 아닙니다. 지저분하지 않다면 최대한 유지하는 것이 환자에게 조금 더 낫기 때문입니다. 보호자분이 동생을 걱정하는 그 마음과 다르지 않습니다."

글로 다 표현하지 못했지만, 보호자의 위협적인 태도에 부서원도 긴장하고, 몇 명의 어르신들이 걱정하는 눈으로 바라보던 불편한 경험이다. 초반 기세와 달리 보호자는 수긍하고 돌아갔다. 보호자는 이후 환자가 사망할 때까지 유치도뇨관 관련해서 한 번도 언급하지 않았다. 요양병원에서 일하다 보면 어르신들보다는 보호자들의 각종 항의에 지친다. 병원에서 매일 만나는 어르신과는 라포가 형성되는 데 오랜 시간이 걸리지 않는다. 하지만 보호자는 입원하는 날 면담을 하고 나면 만날 기회가 별로 없다. 요양병원의 일이 힘든 이유는 어르신들 때문이 아니라, 점점 더 까다로워지는 보호자들의 요구와 민원 때문이다. 나는 요양병원 수간호사로 일하면서 보호자들과의 관계를 돈독히 하는 것에 초집중했다. 그것이 보호자들의 항의를 좀 더 수월하게 해결하는 지름길이었다. 또한 수간호사가 보호자 컨트롤을 잘 해주어야 부서원들이 덜 힘들기 때문이다.

처음엔 그저 어르신들이 좋아서 출근이 행복했다. 어르신들의 미소와 눈물, 어르신들이 일으키는 상상을 초월하는 각종 사건과 사고 등 모든 게 흥미로웠다. 나의 노력으로 어르신들이 편안해지고 안정을 찾아갈 때면 간호사로서의 보람을 느꼈다. 나를 딸이라 착각하며 매일 나를 찾는 어르신들을 보며 영원히 어르신들의 딸이 되어 드리겠노라 다짐도 했다. 하지만 시간이 지날수록 늘어나는 업무와 점점 더 높아지는 보호자들의 요구와 병원 측의 다양한 압박은 나의 몸과 마음을 지치게 했다. 어르신들에 대한 나의 애정이 심신의 힘겨움을 못 넘어서는 것 같아 속상했던 적도 있다.

누가 내게 왜 요양병원에서 일하느냐고 물었을 때 당당히 "어르신들을 좋아하니까요. 어르신들이 정말 사랑스러워서요."라고 답했던 시절이 있었다. 하지만 그 이유만으로 버티기엔 요양병원의 업무 강도가 점점 높아지는 추세다. 사람은 이기적인 동물이다. 아무리 어르신들을 좋아한다 해도 그 마음보다 내 몸 힘든 게 더 우선이다. 나는 일을 통해 성취감을 추구하는 스타일이다. 어르신들을 위하는 마음과 별개로 내겐 나만의 업무 만족 스위치가 따로 있다. 그것은 부서원이 어려워하는 일을 해결해 주는 것, 사람과 사람 사이의 갈등을 풀어주는 것 등이 그것이다. 나는 어르신들과의 관계로만 만족감이 충족되는 사람이 아니다. 병원도 조직이다. 나는 조직 내에서 일어나는 여러 문제를 해결하는 과정에 흥미를 느끼는 사람이다. 난감한 문제가 해결되었을 때 느끼는 묘한 쾌감과 카타르시스는 내가 일할 수 있는 에너지의 원동력이 된다.

나는 어떤 문제에 직면했을 때 힘들다는 나의 감정에 무게를 싣지 않으려 노력한다. 언제 어느 상황에서든 업무의 중심은 어르신들이라는 걸 기억하려 한다. 부서 간의 충돌도, 보호자와의 갈등도 결국 어르신들을 위한 방향으로 해결되어야 한다는 것을 명심하려 한다. 문제를 해결하는 과정에 집중하고, 비록 미비한 성과이더라도 그 성과를 만끽하는 습관을 들이려 한다. '내가 해냈어.'라는 작은 성취감에 중독되는 순간, 출근하는 발걸음은 훨씬 가벼

워질 것임을 알기 때문이다. '오늘은 또 무슨 일이 일어날까?'라는 두려움이 긍정의 기대감으로 바뀔 것임을 알기 때문이다. 나는 내가 좋아하는 어르신들을 뵙기 위해, 또 일을 통한 성취감을 만끽하기 위해 오늘도 요양병원으로 출근한다.

한 권의 책을 완성하기까지는
엄청난 인고의 시간을 견뎌야 한다.
이것은 힘들지만
온전한 내 모습을 세상에
보여주기 위한 과정이다.

CHAPTER_04

제4장

간호사
그 너머의 삶을
꿈꾸며

오카리나를
연주하는 이유도
사람과 함께하고,
사람과 마음을
나누고 싶어서다.

할 수 있는 일, 하고 싶은 일

나는 할 수 있는 일이 많은 사람이다. 막연하게 '사람은 막상 눈앞에 닥치면 다 해.'가 아니라 몸소 다양한 일을 해 봤으니 겁날 게 없다. 방직공장 생산직, 자동차 부품 제조, 의류 판매, 보험, 다단계, 화물차 매매 및 등록, 재고 관리와 유통, 요식업 서빙, 간호조무사/간호사, 컴퓨터 학원 강사/일반 강사, 대학 겸임교수 등을 경험했다. 그리고 지금은 글을 쓰며 작가를 꿈꾼다. 빈곤한 가정에서 태어나 배운 게 없는 내가 해야 하는 건 생계를 위한 간절한 몸부림이었다. 다행히도 부모님께서 주신 굳건한 유전자 덕분에 쉽게 포기를 모르는 사람으로 살았다. 정말 감사할 일이다.

누군가에게 간호사는 대학만 졸업하면 받게 되는 평범한 면허증일 수 있다. 하지만 나에게 간호사는 유일한 꿈이었다. 꿈이란 실현하고 싶은 희망이나 이상을 말한다. 또 다른 의미로는 실현될 가능성이 아주 적거나 전혀 없는 헛된 기대나 생각이다. 나에게 간호사는 실현하고 싶은 희망이나 이상이었고, 동시에 실현될 가능성이 적은 막연한 꿈이었다. 간호학과에 진학하고 싶은 마음은 누구보다 간절했지만, 입학전형을 통과할 방법이 없었고, 주변 환경도 따라주지 않았다. 하지만 이 또한 핑계에 불과했다는 걸, 나의 의지와 행동력의 문제였다는 걸 경험을 통해 깨달았다. 꿈은 이루기 위해 꾸는 것이 맞았다.

누군가 내게 "어떤 일 하세요?"라고 물었을 때 "간호사입니다."라고 답했던 첫 경험을 나는 잊지 못한다. 내가 그토록 간절히 원했던 간호사가 되어 "저는 간호사입니다."라고 당당히 말할 수 있는 현실이 꿈처럼 느껴졌다. 간호사가 된 후 나의 인생 후반은 다시 시작되었다고 해도 과언이 아니다. 간호학과에 진학했을 당시 나는 간호사가 되면 더 이상 새로운 꿈이나 목표가 없을 줄 알았다. 하지만 나의 예상과 달리 오히려 세상이 나를 환영하며 어서 오라 손짓하고 있었다. 나는 그 손짓의 의미가 무엇인지 단번에 알아챘다.

"넌, 이제 시작이야. 간호사가 되었으니 다른 것도 해 봐야지. 이것저것 닥치는 대로 다 해 봐. 그게 너의 특기잖아!"

간호사는 내가 하고 싶은 일이었다. 졸업을 한 후 간호사는 이제 내가 할 수 있는 일이 되었다. 예전에 경험했던 다양한 일은 비록 나의 선택이긴 했으나, 하고 싶은 일보단 어쩔 수 없이 해야만 하는 일이 많았다. 가끔 '내가 이렇게 많은 종류의 일을 하며 살아왔단 말이지.'라는 생각에 머쓱한 웃음이 나곤 했다. 나는 간호사로 일하면서 결심했다 '이제 내가 할 수 있는 일 말고 내가 하고 싶은 일을 하나씩 해야겠어!'라고.

나는 3년제 간호학과를 졸업하고 간호전문학사 학위를 받았다. 첫 번째 하고 싶은 일은 역시 공부였다. 나는 졸업과 동시에 방송통신대학교 간호학과 3학년에 편입했다. 뚜렷한 목적이 있어서가 아니라, 그저 내 안의 내가 시킨 일이었다. "남들보다 늦게 시작한 공부, 탄력 붙었을 때 더해 봐. 나중에 후회할 일 없게."라는 마음이었다. 이후에도 공부에 대한 나의 열망은 꺼지지 않았다. 학사학위에 멈추지 않고 연이어 대학원에 진학하여 석사학위를 받았다. 지금은 틈나는 대로 심리학 공부를 한다. 공부는 언제나 내가 하고 싶은 일이다.

나는 요양병원 간호사로 행복했지만, 그 자리에 멈춰 있고 싶지
않았다. 그래서 수간호사가 되겠다는 꿈을 꾸었고, 수간호사가 되
었다. 수간호사로서의 경험은 나의 성장을 한 단계가 아닌, 수직
으로 상승시키는 밑거름이 되었다. 병동에서 일어나는 크고 작은
일, 부서 간의 갈등, 보호자의 민원 등을 해결하며 나는 더 여물어
지고 성숙해졌다. 하고 싶은 일을 하면 능률이 배가 된다는 것을
몸소 체험했다. 2년 정도 수간호사의 경험이 쌓여 마음의 여유가
좀 생기려던 찰나, 나에겐 운명처럼 또 다른 업무가 주어졌다. 수
간호사 업무를 하면서 환자 안전 담당자의 업무를 함께 수행해 달
라는 간호부장님의 요청을 받은 것이다.

환자 안전 담당자는 병원에서 일어나는 각종 환자안전사고를 분
석하고, 재발 방지를 위한 대책을 마련하는 역할을 한다. 병원은
환자의 질병을 치료하는 곳이지만, 의료 업무도 사람이 하는 일이
라 100% 완벽할 수 없다. 환자안전사고는 환자안전법 제2조에 따
라 보건의료인이 환자에게 보건의료서비스를 제공하는 과정에서
환자 안전에 위해가 발생하였거나 발생할 우려가 있는 사고를 의
미한다. 대표적인 안전사고는 낙상, 욕창, 투약 오류, 검사 오류,
처치·수술 오류 등이 있다. 우리나라의 환자안전법은 2015년 1월
에 제정되었다. 200병상 이상의 병원에는 환자 안전 업무만을 전

담하는 전담자를 1명 이상 의무적으로 배치하여야 한다. 내가 근무한 병원은 167병상으로, 200병상 미만 병원에 해당되어 환자 안전 담당자를 겸직으로 지정하면 되었다.

환자 안전 담당자는 병원의 환자 안전 체계의 구축 및 운영, 환자 안전사고의 예방과 재발 방지를 위한 계획을 수립하고 시행하는 사람이다. 그 외 환자와 환자 보호자의 환자 안전 활동 참여를 위한 계획의 수립 및 시행, 환자안전사고 보고, 환자안전사고 지표 관리, 환자 안전에 대한 직원 교육 등을 담당한다. 비록 업무량은 늘었지만 나는 기회라고 생각했다. 나는 처음으로 접하는 환자 안전 업무를 스스로 배워나갔다. 환자안전사고를 분석하고, 통계를 내고, 보고서를 작성하려면 워드와 엑셀을 잘 다루어야 했다. 컴퓨터 관련 자격증을 소지한 나에겐 너무도 쉬운 일이었다. 또한 직원 교육을 통해 내가 더 많이 성장하고 배울 수 있는 알토란 같은 기회였다.

환자 안전 업무는 내게 새로운 매력으로 다가왔다. 수간호사가 한 병동을 관리하는 사람이라면, 환자 안전 담당자는 병원 전체의 흐름을 알아야만 업무처리가 가능하다. 환자 안전 담당자는 병원에서 일어나는 모든 환자안전사고를 접수하여 실태조사를 해야 한다. 조사한 환자안전사고를 분석하고 재발 방지를 위한 대책 등을 수립하여 전 직원이 알 수 있도록 알리고 공유해야 한다. 또한 직원의 환자 안전에 대한 인식을 고취하기 위해 지속적인 교육을 시행해야 한다. 환자 안전 담당자는 직원 및 환자와의 원활한 의사소통을 할 수 있어야 하고, 각 부서의 적극적인 협조를 끌어낼 수 있어야 한다. 수간호사의 업무보다 훨씬 광범위한 업무를 수행해야 하는 환자 안전 업무에 나는 완전히 매료되었다. 나는 겸직으로 수행하는 환자 안전 담당자가 아니라, 환자 안전 업무를 중점적으로 하는 환자 안전 전담자가 되기로 했다. 간호부장님의 요청으로 시작한 환자 안전 업무는 결국 내가 하고 싶은 일이 된 것이다.

현재 나는 200병상 이상의 노인 전문병원에서 환자 안전 전담자로 근무 중이다. '스스로 선택한 짐은 무겁게 느껴지지 않는다.'라는 서양의 속담이 있다. 현실과 타협한 요양병원 간호사, 내가 되고 싶었던 수간호사, 내가 하고 싶었던 환자 안전 전담자 모두 나의 선택이었다. 타인에 의해서가 아닌, 오롯이 나 스스로 선택한 길이기에 매 순간 만족감이 크다. 만족감이 큰 만큼 나의 자존감도 높다. 하고 싶은 일을 하며 산다는 건 진정 축복이다. 행복이다.

나의 삶을 기록하다

어렸을 적에는 일기를 매일 썼다. 숙제 때문이 기도 했지만, 쓰는 걸 좋아했다. 가끔 교내 글짓기 대회에서 수상 하기도 했다. 오랫동안 잊고 살았다. 내가 글쓰기를 좋아하는 사 람이었다는 걸. 나는 100~120세 인생 중 겨우 50여 년을 살았다. 앞으로 남은 인생이 너무 길다. 나는 문득 이런 생각이 들었다. 내 가 지금 하고 있는 일을 못 하게 되는 날이 온다면 나는 무엇을 하 며 살 것인가? 노년이 되어서도 내가 할 수 있는 일은 과연 무엇일 까? 나의 질문에 대한 답을 준 건 다름 아닌 요양병원에 계신 어르 신들이었다.

매일 산수 문제를 푸는 어르신이 있다. 더하기, 빼기, 곱하기, 나 누기를 직접 계산하여 연필로 답을 적으신다. 어떤 어르신은 매일 책을 읽으신다. 책 한 권을 한 달, 두 달에 걸쳐 천천히 읽으신다. 아침마다 돋보기를 쓰고 신문을 읽는 어르신, 노트에 성경책을 필사하는 어르신이 있다. 노인이 되어서도 할 수 있는 건 바로 책 읽기와 글쓰기였다.

나는 2023년 10월 10일, 블로그를 개설했다. 블로그를 할까 말까 망설인 지 1년이란 시간이 흐른 뒤였다. 내가 블로그를 하는 이유는 글쓰기를 통해 내면을 다지고 꾸준함의 근력을 키우기 위해서다. 애초에 나 자신에게 집중하는 글쓰기가 목적이었기에, 나는 블로그 글을 일기처럼 쓰는 편이다. 일기는 혼자만의 기록이지만, 블로그 글은 대부분 누군가에게 읽히길 바라며 쓰는 글이 많다. 내가 체감한 블로그 세상은 다른 블로거와의 소통을 중요시하며, 서로의 블로그를 방문하여 공감을 눌러주고 응원의 댓글을 남기며 힘을 얻는 공간이다. 이 과정에 적극적으로 참여하지 않는 나의 블로그 인생은 좀 외롭다.

우리는 허기를 채우기 위해 음식을 만든다. 음식 재료를 사기 위해 돈을 번다. 돈을 벌기 위해 일을 한다. 우리의 일상은 그냥 흘러가는 것처럼 보이지만, 매 순간 목표지향적이다. 블로그 글쓰기 또한 마찬가지다. 목적 없는 글쓰기는 힘이 빠진다. 조회 수를 높이는 게 목적인 블로거는 낮은 조회 수에 실망할 수밖에 없다. 나

또한 블로그 글을 쓸 때면 나만의 목적을 생각하며 쓴다. 오늘의 나는 어땠는지, 타인에게 불손하지 않았는지, 업무처리를 하는 과정에서 오만하지 않았는지, 더 나은 태도일 수는 없었는지 돌아본다. 나 자신에게 집중하는 글쓰기는 외로운 작업이긴 해도 어찌 보면 가장 편한 글쓰기다. 주변 상황에 흔들릴 일이 없기 때문이다.

내가 아는 블로그 글쓰기는 목적은 있을지언정 목적지는 없다. 한마디로 끝이 없는 길을 걸어가는 것일 뿐, 종착지가 없다. 종착지가 없으니 가다가 멈추면 그만이다. 블로그 글쓰기는 결국 자신과의 고독한 싸움이다. 내가 생각하는 블로거는 망망대해를 떠도는 표선(漂船)에 올라탄 선장과 같다. 어떤 날은 잔잔한 파도 위에서 춤추듯 순항을 하지만, 어떤 날은 몹쓸 태풍을 만나 닻이 부러지기도 한다. 표류하는 배를 구해줄 구조선도 없다. 지루한 항해를 이겨내지 못한 선장은 표선(漂船)과 함께 가라앉는다.

"말에는 그렇게 큰 힘이 있다고 생각하지 않아요. 여러분이 살면서 몸소 체득한 것이 여러분의 것이에요."

2023년 국민대학교 학위수여식에서 가수 이효리가 한 말이다.

블로그에는 하루에도 수없이 많은 글이 올라온다. 좋은 글, 훌륭한 글이 무수히 많다. 나 역시 다른 사람의 글을 통해 용기와 위안을 종종 얻는다. 하지만 다른 사람의 글을 통해 얻는 용기와 위안보다 더 강력한 힘은 자신의 글쓰기에서 나온다고 생각한다. 나는 블로그 글쓰기를 통해 몸소 체감했다. 글을 쓸 때마다 내면의 힘은 더욱 성숙해지고, 단단해지고, 깊어진다는 것을.

망망대해를 떠돌던 어느 날, 나는 또 다른 꿈을 꾸기 시작했다. 블로그 글쓰기가 아닌 나의 인생이 담긴 종이책을 쓰고 싶어졌다. 나는 그 꿈을 즉시 블로그에 적었다. 그리고 나의 꿈을 이루어 줄 희망의 갈매기를 기다렸다. 언젠가는 끼룩끼룩 반가운 갈매기의 울음소리를 듣게 될 것이라 나는 믿었다. 그리고 믿음은 현실이 되었다. 희망의 갈매기는 이미 나를 향해 날아오고 있었다. 그리 오래 걸리지 않았다. 블로그를 시작한 지 8개월 만에 나는 허지영 작가님을 만났다.

허지영 작가님의 저서 『삶이 글이 되는 순간』에 이런 글이 있다.

"외부에서 누군가 나를 다독여 주고, 가르쳐주고, 깨닫게 해주는 것이 아니라, 스스로가 감시관이 되어 잘못을 반성하며 더 나은 삶을 위한 방향을 잡고 앞으로 나아갈 수 있도록 동기부여 해주는 존재가 되는 것이다. 스스로 충만한 상태가 되었을 때 타인에게도 좋은 영향을 끼칠 수 있다는 것을 깨달았다."

스스로가 자신의 인생에 감시관이 되는 방법은 오로지 글쓰기뿐이라고 나는 확신한다. 자신의 하루하루를 기록하는 것은 결국 자신의 삶을 기록하는 것이다. 자신의 삶을 기록하다 보면 저절로 자신의 삶을 깊이 있게 들여다보게 된다. 또한 글을 쓰면 쓸수록 지금보다 더 잘 살아내고 싶은 욕심이 생긴다. 나의 삶이 더 나은 방향으로 흘러갈 수 있도록 궤도를 수정하게 된다. 나의 글과 나의 삶이 일치하는 삶을 살기 위해 노력하게 된다. 허지영 작가님의 말처럼 잘 쓰기 위해서는 잘 살아내야 하기 때문이다. 나와 허지영 작가님을 이어준 건 블로그다. 내가 그동안 블로그 글을 읽기만 했다면 지금 이렇게 종이책을 집필할 일은 없었을 것이다. 나는 항상 경험을 통해 배운다. 글쓰기의 위력 또한 직접 몸으로 체험했다. 몸으로 배운 교훈은 영원히 내 것으로 남는다.

〈목적지 없는 항해〉

글쓰기는 목적지 없는 항해다.

망망대해를 떠도는 표선(漂船)이다.

바다 위를 표류하는 저 배는

어느 날 끼룩끼룩 갈매기의 울음소리에

희망의 환호성을 지를지도 모를 일

또 어느 날은

휘몰아치는 폭풍에

생사의 기로에서 절망할지도 모를 일

출렁거리는 파도는

롤러코스터의 짜릿한 쾌감과

토할 것 같은 어지러움으로 배를 농락한다.

어쩌면 저 배는

애초에 정박할 마음이 없었는지도.

닻을 내리는 순간

항구에 진열된 한 척의 배일뿐이니

무사 귀환과 안위를 걱정해 주는

애정 어린 눈빛에 허기져

끝내 표선(漂船)으로 남고픈 건지도.

03 ● ● ●

심리학 공부를 하는 이유

나의 지인 중에 무턱대고 화부터 내는 사람이 있다. 딱히 원인 제공자는 없다. 자기 풀에 자기 혼자 화를 내기 때문에 주변 사람은 불편하다. 그는 어린 시절 충분한 사랑을 받지 못했다. 가족 구성원 모두가 서로를 공격하느라 바빴다. 우리는 그를 어찌 대해야 할까? "당신의 행동은 잘못되었다. 당신의 행동은 꼭 고쳐야 하는 나쁜 행동이다."라고 맞대응하는 건 그의 화를 돋울 뿐이다. 그의 화를 누그러뜨릴 방법은 그에게 진정한 사랑을 주는 것이다. 그의 마음속 상처를 진심으로 안아주는 것에서 출발해야 한다. 시간은 오래 걸리겠지만, 결국 그의 마음이 조금씩 따뜻해질 것이다.

간호학과 재학 시절 심리학 개론, 행동과학, 상담심리학, 정신 간호학 등의 과목이 흥미로웠다. 이때부터 나는 심리학에 관심을 가지기 시작했다. 대학원 진학을 마음먹었을 때 전공을 무엇으로 할지에 대해 간호학과 상담심리학 사이에서 고민했을 정도다. 나는 대학 재학시절 당시 심리학자이자 정신분석학자인 에릭슨의 사회심리적 발달 이론을 배우며 신선한 충격을 받았다.

에릭슨은 정신분석학적 관점에 따라 인간 발달을 영아기에서 노년기까지 총 여덟 단계로 구분하여 설명했다. 1단계는 신뢰 대 불신 단계다. 0~2세에 해당하며, 부모의 일관되고 따뜻한 보살핌을 받은 아기는 신뢰감을 형성하게 된다. 2단계는 자율성 대 수치심 단계다. 2~3세에 해당하며, 배변 훈련을 하는 시기로 스스로 할 수 있도록 긍정적 강화를 받은 아이는 자율성이 형성되고, 지나친 처벌이나 압박을 받은 아이는 수치심이나 회의를 느끼게 된다. 3단계는 주도성 대 죄의식 단계다. 4~6세에 해당하며, 호기심이 활발한 시기로 주도적인 행동에 긍정적 피드백을 받으면 주도성이 커지고 그렇지 않으면 죄책감이 커진다.

4단계는 근면성 대 열등감 단계다. 6~12세에 해당하며, 학교생활과 사회적 상호작용의 성공과 실패 경험에 따라 근면성과 열등감이 형성된다. 5단계는 자아정체감 대 역할 혼동 단계다. 13~18세에 해당하며, 자신에 대한 탐색이 충분히 이루어지면 자아 정체감이 형성되지만 그렇지 못하면 역할 혼돈을 겪는다. 6단계는 친밀감 대 고립감 단계다. 18~30세에 해당하며 초기 성인으로 깊은 관계를 형성하는 과정에서 친밀감과 고립감을 느낀다. 7단계는 생산성 대 자기 침체 단계다. 30세~65세에 해당하며 사회적으로 유용하다고 느끼면 생산성이 높아지지만 그렇지 않으면 자기 침체에 빠진다. 8단계는 자아 통합 대 절망 단계다. 65세 이후 노년기에는 인생을 되돌아보며 만족하면 자아 통합의 만족감을, 그렇지 않으면 절망감에 빠지게 된다.

나는 수업 시간 내내 귀를 쫑긋하며 들었다. '진작 이런 공부를 했더라면 나의 아이를 더 많이 사랑해 주었을 텐데, 지금보다 더 훌륭하게 키울 수 있었을 텐데.'라는 생각에 마음 아팠던 기억이 난다. 에릭슨뿐만 아니라 지그문트 프로이트의 심리성적 발달 단계와 매슬로우의 욕구이론 등을 배우며 심리학 이론에 나 자신과 타인을 적용해 보곤 했다. 사람을 좋아하고 사람의 심리와 행동에 관심이 많은 나는 점점 더 심리학의 세계에 빠져들었다.

나는 심리학 이론을 공부하거나 심리학 관련 책을 읽을 때면 제일 먼저 나의 말과 행동을 돌아보았다. 내가 왜 그런 말을 뱉었는지, 나의 행동 저변에 깔린 진짜 내 마음은 무엇인지를 분석했다. 병원에서 환자를 대할 때나 직원을 대할 때도 겉으로 드러나는 말과 행동보다는 그 내면을 들여다보기 위해 노력했다. 저 사람은 성장 과정 중 어느 시기를 불안정하게 보낸 걸까? 숨겨진 자아에 어떤 아픔이 있기에 저런 말과 행동을 하는 것일까? 유추하고 이해하려고 노력했다. 정신분석학적 이론이 모두 정답은 아니다. 하지만 나는 심리학 이론을 익히며 사람들과의 원만한 인간관계 형성에 큰 도움을 받았다. 다양한 사회 경험으로 다져진 내공과 사람의 심리에 대한 깊은 관심 덕분에 나의 병원 생활은 큰 어려움이 없었다.

지피지기(知彼知己)면 백전불태(百戰不殆)라는 말이 있다. 적을 알고 나를 알면 백 번 싸워도 위태롭지 않다는 뜻이다. 병원에 있는 환자, 의사와 간호사, 기타 직원, 보호자 등 모두가 사람이다. 대부분 상대의 마음은 아랑곳하지 않고 자기 말만 하느라 언성이 높아지고 갈등이 일어난다. 나는 심리상담사와 노인심리상담사, 심리분석사, 분노조절상담사 민간자격증을 취득했다. 나는 사람이 좋아 심리학 공부를 한다. 치매 환자의 이상행동이나 환자의 언어적 폭행에 감정적으로 대응하지 않으려면 그 행동의 원인에 초점을 맞추어야 한다. 보호자의 어이없는 발언과 터무니없는 요구에 초연히 응대하려면 표면적인 말의 저변에 깔린 근원적인 마음을 읽을 줄 알아야 한다.

"넓은 인간 교류는 나에게 유머를 잃지 않게 하고, 편견에 사로

잡히지 않게 하고, 인생을 따뜻한 시선으로 바라보게 하고, 공감대를 확대시키고, 그들의 정서를 흡수함으로써 사람이 빠지기 쉬운 사고의 경직을 방지해 준다."

고(故) 정주영 회장님이 남긴 어록이다. 사람이 없는 사회는 존재하지 않는다. 살아가며 부딪치는 숱한 문제의 중심에 늘 사람이 있다. 우리는 매일 사람을 만난다. 사람을 좋아하고, 사람을 존중하고, 사람에게서 답을 얻을 줄 아는 현명함이 필요하다. 나는 공부 중에 사람 공부가 제일 재미있다.

〈사랑이 필요해〉

아무것도 아닌 일에
정말 사사로운 일에
오롯이 자신만의 이유로
때론 주변의 작은 자극이 거슬려
서슬 퍼런 표정과 냉소적 언어로
스스로에게, 타인에게 날을 세운다.

자신이 뱉는 말은, 감정은
제일 먼저 자신에게 향한다는 것을.
왜 스스로를 괴롭히는 걸까?
다가오던 사람도
날 선 가시에 움찔 돌아선다.

비판적이고 부정적인 마음이
세숫대야에 고인 물 같다.
흐르지 못하니 순환이 안 된다.
장대 같은 소낙비라도 맞으면
고인 물이 튀어 나가려나.

아니지,
세숫대야를 박살 내 버려야지.
산산조각 깨뜨려서
흔적도 없게 던져 버려야지.
물 따위 고이지 않게.

아픈 거다. 아프니까
나 좀 안아달라고 소리치는 거다.

사랑을 갈구했으나
끝내 사랑을 받지 못해 절규하는 거다.

엄마의 포근한 젖가슴과
토닥토닥 어깨에 닿는 손길 안에서
평온하게 잠들어보지 못한 아이.

요동치는 감정을 어찌할 줄 모르고
행복한 마음이 무언지 알지 못하는
쓸쓸한 내면 아이

자신과 타인 모두에게 선의를 가정하지 않기에
매사 경계 태세를 갖추고 자신을 방어하느라
발버둥치며 운다.

사랑이 필요하다.
갈비뼈가 으스러지도록 꼬옥
쿵쿵 심박동의 전율이 전해지도록
뜨겁게 끌어안는 사랑이 필요하다.

변화가 없는 삶은 고인 물과 같다

변화란 사물의 성질, 모양, 상태 따위가 바뀌어 달라지는 것을 말한다. 나는 어제보다 조금 더 늙었다. 아무것도 하지 않아도 나의 신체는 매일 변화한다. 이 사실이 정말 슬프지 않은가? 기를 쓰고 노력해도 뜻대로 되지 않는 세상사를 떠올리면, 저절로 늙어간다는 사실은 괜한 억울함마저 들게 한다. 다행인 건 나이 드는 것 외 모든 건 나의 노력으로 만들어갈 수 있다는 사실이다. 나는 그 변화의 수단으로 공부를 선택했다.

이제동 님의 『나는 프로게이머다』라는 책을 최근에 읽었다. 9년 전인 2015년에 출간된 책이다. 제법 공부를 잘했던 이제동 님은 게임에 미쳐 공부를 포기했다. 이제동 님은 오로지 게임에 대한 열정과 집념, 끈질긴 노력으로 27세에 프로게이머가 되었다. 게

이머로서는 처음으로 포브스 선정 30세 이하 영향력 있는 30인에 선정되기도 했다. 게임에 대한 고정관념과 부모님의 강한 반대를 이겨내고 끝내 프로게이머가 된 이제동 님의 근성에 놀라지 않을 수 없다. 나는 이제동 님의 책을 읽던 중 아래의 문장에 한참을 머물러 있었다.

"무언가 자기가 이루고자 하는 꿈에 제대로 미치지 않을 거면 공부를 손에서 놓지 말아야 한다. 공부는 신발 끈과 같다. 신발 끈이 풀어지면 빨리 달릴 수 없다. 어디로든 내가 가고자 하는 방향으로 신나게 달리려면 공부를 해서 신발 끈을 단단하게 조여야 한다."

지금까지의 내 삶을 돌아보니 나는 무언가에 제대로 미쳐본 적이 없다. 그저 하루하루 살아내야 하는 생계형 삶을 살았다. 나는 특출한 재능도 없고, 미친 듯이 몰두할 꿈도 없는 평범에도 미치지 못하는 사람이었다. 이런 내가 달라질 수 있는 길은 공부뿐이라고 나보다 훨씬 어린 이제동이 말한다. 나는 이리도 늦게 깨달았는데 말이다. 하지만 괜찮다. 비록 깨달음은 늦었지만, 나에겐 미친 실행력이라는 비장의 무기가 있다.

나는 3년제 간호학과를 졸업하고 바로 방송통신대학교 간호학과 3학년에 편입했다. 편입할 당시에는 뚜렷한 목표가 없었다. 전국의 간호학과가 모두 4년제로 바뀌었으니 나도 학사학위를 받아야겠다는 마음뿐이었다. 요양병원의 간호사로 근무하면서 2년 차에 수간호사가 된 나는 지식과 경험의 부족으로 꽤 힘든 시간을 보냈다. 경력은 시간이 흐르는 만큼 쌓이는 것이니, 그저 꾸준히 일하는 방법 말고는 없었다. 경력이 쌓이는 동안 내가 추가로 할 수 있는 노력은 공부였다.

나는 방송통신대학교 간호학과를 졸업하던 해, 바로 대학원 석사과정에 입학했다. 대학원 석사과정 전공을 선택할 때 고민이 많았다. 앞에 글에서도 밝혔듯 상담심리학을 전공하고 싶었기 때문이다. 여러 지인에게 조언을 구했다. 지인은 상담심리 쪽으로 진로를 바꿀 예정이냐고 물었다. 나는 간호사로 일할 것이며, 단지 간호사 업무에 상담심리학이 상당한 도움이 될 것을 알기에 공부하고 싶다고 했다. 여러 지인의 대답은 한결같았다. 간호사 연차가 짧으니 한 가지 전공으로 일관성 있게 공부하기를 권유했다. 노력을 분산시키는 것보다 한 가지에 집중했을 때 효과가 커진다고 했다.

나는 대학원에 입학한 후 지인의 조언이 맞는 말임을 알게 되었다. 일하면서 석사과정을 밟는다는 건 그리 쉬운 일이 아니었다.

그동안 공부해 온 간호학을 선택하길 정말 잘했다는 생각이 들었다. 나는 대학원에서 다양한 분야의 간호사들을 만났다. 대학병원 간호사, 상급종합병원 간호사, 아동병원 간호사, 척·관절 전문병원 간호사, 연구 간호사, 보건소 간호사 등 새롭게 알게 된 간호사를 통해 작으나마 간접 경험을 했다. 대학원은 공부와 논문 외에 소중한 인맥을 얻을 수 있는 곳이었다.

대학원을 졸업하자마자 석사 동기로부터 연락이 왔다. 동기는 내게 간호학과 강의를 해볼 의향이 있냐고 물었다. 뜻하지 않은 행운의 기회에 나는 기쁜 마음으로 승낙했다. 나는 동기에게 물었다. 다른 동기도 많은데 왜 하필 나한테 연락했냐고. 동기는 석사 과정을 밟는 동안 나의 진정성에 감동했다고 했다. 자신은 요양병원에 관심이 없었으며, 요양병원에 대해 알지도 못하고 알려고 하지도 않았다고 했다. 대학원에 와서 요양병원 간호사로의 진심을 보이는 나를 보며 감동받았다고 했다. 나로 인해 요양병원에 대한 인식이 달라졌다고 했다. 강의 요청을 받는 순간, 내가 제일 먼저 떠올랐다고 했다. 나는 뿌듯했다. 미약하지만 단 한 사람에게라도 요양병원 간호사의 가치를 알린 것 같아 행복했다.

간호학과는 겸임교수가 꼭 필요한 학과이다. 겸임교수는 석사 이상의 학위를 보유한 자로 현재 임상에서 3년 이상 근무하고 있는 간호사여야 한다. 간호학과의 특성상 이론 수업 외에 실제 현장의 이야기와 변해가는 의료 시장의 실태를 들려 줄 필요가 있기 때문이다. 내가 처음 맡은 과목은 기본 간호학 실습이었다. 간호사가 수행해야 하는 활력징후 측정, 여러 가지 주사 방법, 비위관 영양 주입, 투약, 수혈, 유치도뇨관, 관장, 기관절개관 관리 등의 핵심 술기를 실습으로 가르쳤다.

간호사가 수행하는 핵심 술기는 기술과 같다. 기술은 방법을 익히고 반복하면 누구나 할 수 있다. 중요한 건 핵심 술기의 근거가 되는 기본 지식을 익히는 것이다. 주사 각도가 15도, 45도, 90도로 다른 이유, 비위관 영양 시 왜 소화액을 확인하는지, 남자와 여자의 유치도뇨관 삽입 길이가 다른 이유, 소독액을 위에서 아래로, 안에서 바깥으로 닦는 이유 등 이론적 근거를 알지 못하고 행하는 핵심 술기는 위험하다.

나는 수업 시작과 동시에 이론적 근거를 설명하고 실제로 시범을 보여준 후 개별지도를 했다. 학생들에게 이론과 현장의 차이점을 설명했다. 똑같은 행위를 하더라도 간호사의 마음가짐에 따라 환자에게 미치는 영향력이 달라진다는 것을 강조했다. 핵심 술기를 학생 한 명 한 명에게 제대로 가르치기엔 수업 시간이 너무 빠듯했다. 나는 나의 수업을 들은 학생들이 진정으로 인간을 사랑하는 간호사가 되길 바랐다. 나는 학생들에 대한 애정이 깊었다.

실습 테스트를 할 때면 너무 긴장하여 손을 덜덜 떠는 학생이 있었다. 나는 다그치거나 질책하지 않았다. 조용히 가서 떨고 있는 손을 꼭 잡아주었다. "괜찮아, 나도 학생 때 그랬어. 침착하게 천천히 알지?"라고 살짝 말해주곤 했다. 나의 진심은 학생들에게 전달되었다. 학기가 끝난 후 강의평가에는 '학생의 마음을 알아주는 교수님, 질책보다는 따뜻함으로 이끌어 주는 교수님, 교수님 같은 간호사가 되고 싶어요.'라고 쓰여 있었다. 학생들은 카톡을 통해 개인적으로 감사 인사를 전해오기도 했다. 이후 나는 겸임교수로 약 5년간 기본 간호학 실습, 노인 간호학, 간호 정보학, 재활 간호 등의 수업을 했다.

간호학과 재학시절 지역사회 간호학 담당 교수님과 식사를 한 적이 있다. 당시 50대 후반이었던 교수님은 만학도 학생에게 애정이 많은 분이었다. 그날 나는 교수님에게 졸업 후 진로에 대한 자문을 구했었다.

"교수님, 저 졸업하면 마흔여섯 살이에요. 간호사로 일이야 하겠지만 다른 사람보다 너무 늦은 것 같아 좀 힘이 빠져요."

"승은아, 나는 네가 졸업 후 취업하더라도 공부를 계속하는 게 좋을 것 같아. 대학원까지 꼭 진학했으면 좋겠어. 석사학위를 받으면 대학교 강의도 할 수 있어. 박사까지 하면 더할 나위 없이 좋고."

그땐 '이제 겨우 전문대 다니는데, 이 나이에 대학원은 무슨.'이라고 생각했었다. 당시 교수님은 진지하게 말씀하셨고 나는 무심하게 들었다. 짧게 나눈 대화였지만, 사람이 주는 영향력은 이렇게 강력한 것이었다. 그땐 불가능하다고 여겼던 대학원을 졸업했고 나는 겸임교수가 되었다.

간호사 된 이후 소리 없는 나의 노력에 세상은 보상을 해주고 있다. 지난날의 내 모습을 떠올려 본다. '나는 분명 열심히 살았는데 세상은 왜 알아주지 않는 걸까.'라고 생각했었다. 이제 나는 안다. 매일 똑같은 일상과 똑같은 행동을 반복하는 건 열심히 하는 게 아니라는 것을. 제대로 열심히 한다는 건 어제보다 오늘이 확연하게 달라지게 만드는 것임. 진정한 변화란 지속적인 자기 계발을 통해 이루어진다는 것을 이제는 안다. "당신이 자기 자신의 가치를 변화시키고 증가시키는 노력을 할 때 행복은 매일 같이 주어지는 법이며, 덤으로 뿌듯함마저 느끼게 된다."라는 세이노의 말처럼 말이다.

돌봄 제공자 양성은 나에게 주어진 소명

       요양병원에는 여러 직업군이 존재한다. 의사, 간호사, 간호조무사, 요양보호사(간병인), 물리치료사, 사회 복지사, 영양사, 조리사, 의무 기록사 등이 있다. 이 중 환자와 가장 밀접한 관계에 있는 직군은 간호사, 간호조무사, 요양보호사(간병인)이다. 의사는 하루에 1~2회, 또는 필요시 회진을 와서 환자를 살핀다. 간호사와 간호조무사는 근무표에 따라 오전, 오후, 밤 근무를 한다. 간병인은 근무 형태에 따라 차이가 있긴 하지만 대부분 24시간 환자를 돌본다. 환자 곁에 가장 오래 머무는 사람은 바로 요양보호사(간병인)이다.

요양보호사는 치매나 중풍 등으로 독립적인 일상생활이 어려운 노인들을 위하여 노인 요양 시설 등에서 이들의 신체 활동 및 가

사 활동을 전문적으로 지원하는 사람으로, 자격증을 보유한 사람
이다. 간병인은 요양보호사와 비슷한 개념으로 거동이 불편한 환
자나 노인의 간병을 하면서 일상생활을 보조하는 사람을 말한다.
호칭만 다를 뿐 요양보호사와 간병인이 하는 일은 같다. 요양원에
는 의무적으로 요양보호사를 채용해야 하지만, 요양병원은 그렇
지 않다. 요양병원의 대부분은 요양보호사가 아닌 간병인을 채용
한다. 게다가 직고용이 아니라 아웃소싱(outsourcing)이다. 환자와
보호자는 의문이 들겠지만, 이것은 수가(돈)와 관련된 문제라 제도
적인 접근이 필요하다.

간병은 어렵고 힘든 업무다. 거동이 불편한 환자와 때로는 움직임
이 거의 없는 환자의 체위를 변경하고, 기저귀를 갈고, 먹이고, 씻
기고, 옷을 갈아입히고, 휠체어나 침대로 옮기는 일은 정말 힘든
일이다. 움직이는 환자는 항상 넘어질 위험이 있다. 인지가 좋고
고집이 센 환자는 통제가 되지 않아 힘들다. 치매 증상이 심한 환
자는 소리 지르고, 배회하고, 공격하고, 자해한다. 불안정한 환자
의 이상행동을 조절하기란 여간 어려운 일이 아니다. 일이 힘들어
간병인도 자주 바뀐다.

간병인 수급도 어렵다. 내국인 간병인뿐만 아니라 중국, 러시아,
우즈베키스탄 등 외국인 간병인이라도 구해지는 대로 투입해야

하는 현실이다. 게다가 24시간 내내 환자를 보살펴야 하는 간병인이 기본교육도 받지 않은 채 투입되기도 한다. 심지어 한국말을 전혀 알아듣지 못하고, 말하지도 못하는 간병인도 들어온다. 간병인이 바뀔 때마다 요양병원 간호사는 힘들다. 보호자의 불만도 커진다. 무엇보다 환자가 가장 불안해하고, 환자에게 제대로 된 간병 서비스가 제공되기 어렵다. 간병인 문제는 요양병원이 해결해야 할 가장 시급한 문제다. 아니 국가적으로 해결해야 할 문제다.

밤 9시, 병동에서 전화가 왔다. 남자 간병인이 도망갔다는 전화였다. 차를 운전하여 병원으로 가면서 간병 업체에 연락하고 간병인에게 개별 전화를 했다. 평소 나와 라포가 형성되어 있던 간병인이어서 다행히 통화가 되었다. 요지는 난리 치는 환자 때문에 힘들어 죽겠는데 잠깐 담배 피우러 갔다고 잔소리하는 간호사 때문에 기분이 나빠 일하기 싫다는 거였다. 한숨과 함께 속에서 화가 치밀어 오르는 것을 참으며 간병인을 달랬다. 내가 지금 병원에 가고 있으니, 병원에서 나와 단둘이 이야기를 나누자고 했다. 한참을 실랑이 끝에 겨우 설득하여 병원에서 만났다.

간병인의 잘못 여부는 하나도 중요하지 않았다. 당장 간병인이 없으면 그 병실 환자 6명은 밤새 방치되어야 한다. "일이 힘드니까 담배 한 대 피우러 갈 수 있다. 간호사가 좀 예민했다. 이게 다 환자를 걱정해서 그런 거 아니겠냐. 어르신이 안쓰럽지도 않냐. 나를 봐서라도 오늘 밤은 있어 달라. 나도 병원에 남아 있겠다." 음료수와 간식을 챙겨줘 가며 정말 사정사정했다. 간병인은 그날 밤 자리를 지켰다.

이런 일은 부지기수로 일어난다. 간병인은 스스로가 안다. 요양병원마다 간병인 구하기가 어렵다는 것을. 간병인은 하루 일당이 만원이라도 높으면 바로 보따리를 싼다. 나는 부서원에게 말했다. 간병인이 딱 도망가지 않을 만큼만 관리하라고. 간병인이 없으면 환자와 우리만 힘들지, 의사나 다른 직원들은 아무 상관 없다고. 싫은 소리와 교육은 내가 하겠다고 했다. 그날 이후 나는 간병인 관리에 온 정성을 쏟았다. 한번 배치된 간병인은 최대한 오래 근무할 수 있도록 병동의 한 식구처럼 존중해주고 귀하게 대했다. 명절이면 작은 선물을 건넸다. 강한 교육이 필요할 때는 간병인의 감정이 양호해지는 시기를 기다렸다. 당장 질책을 퍼부어야 할 상황에서도 참고 기다렸다. 교체할 간병인이 정해질 때까지는 자리를 지킬 수 있도록 최대한 배려했다. 이것이 내가 환자와 부서원을 위해 할 수 있는 최선이었다.

간병인도 결국 사람이다. 사람은 누구나 존중받기를 원한다. 이런 나의 노력이 헛되지 않았는지 우리 병동은 간병인의 이탈이 가장

적은 병동이 됐다. 라포 형성이 잘된 간병인은 업무에 적극적으로 협조했다. 침대 구석구석에 쌓인 먼지를 닦고 병실 전체를 깨끗하게 해주었다. 환자의 몸과 환의를 단정하게 정리했다. 환자를 함부로 묶지 않고, 욕창 환자의 체위 변경을 두 시간마다 꼬박꼬박 해주었다. 간병인이 바뀌지 않으니 병동 전체가 안정되는 느낌이었다. 시간이 지나면 간병인과 환자도 사람인지라 서로 정이 든다. 그 시점이 될 때까지 간병인이 잘 적응할 수 있도록 배려하고 기다려주는 노력이 꼭 필요하다.

지금 내가 근무하고 있는 병원은 시립 노인전문병원이다. 이곳은 내국인 요양보호사가 근무한다. 다행히 간병에 투입되기 전 기본교육을 받고 들어온다. 내국인이라 의사소통에도 무리가 없다. 다만 연령대가 높다. 대부분 60대 후반~70대 초반이다. 병원에서는 젊은 사람을 채용하라고 하지만 젊은이는 간병 일을 하지 않으려 한다. 우리나라의 노인 인구는 점점 늘어나고 있다. 노년기에 접어든 요양보호사 혹은 간병인이 노인을 돌보는 현실은 앞으로도 지속될 것이다. 옛날엔 "애가 애를 낳는다."는 말을 했고, 요즘은 "노인이 노인을 돌본다."는 말을 한다.

나는 현재 환자 안전 전담자로 근무 중이다. 나의 주된 업무 중 하나는 직원 교육이다. 환자 돌봄의 질을 높이고, 병원에서 일어나는 각종 환자안전사고 예방을 위해 직원 교육은 필수다. 특히나 환자의 곁을 지키는 요양보호사에게 일정 수준의 지식을 심어주고, 태도의 변화를 일으키는 건 환자를 위해 꼭 필요한 과정이다. 하지만 교육만으로 변화를 일으키기란 쉽지 않다. 태도의 변화가 일어나려면 교육을 받으며 달라지고자 하는 본인의 의지가 뒷받침되어야 한다. 또한 교육의 효과가 나타나기까지 누적되는 시간의 힘이 필요하다. 당장 눈에 보이는 효과가 없더라도 교육은 지속적으로 시행되어야 한다.

우리 병원에서는 매달 요양보호사를 대상으로 교육을 시행한다. 필요시에는 수시로 추가 교육을 한다. 근무 시 복장, 말투, 예절, 태도 등 기본교육을 포함하여 노인의 특성, 치매 환자 이해하기, 환자안전사고 예방과 환자의 이상행동에 대처하는 법 등 다양한 교육을 시행하고 있다. 하지만 요양보호사의 연령대가 높아 교육의 효과를 얻기란 쉽지 않다. 이곳 역시 요양보호사의 잦은 교체 또한 피할 수 없는 숙제다. 그럼에도 나는 교육의 힘을 믿는다. 교육 말고는 사람을 변화시킬 어떠한 방법도 없다. 바람직한 요양보호사의 자질을 갖출 때까지 환자 돌봄의 기본 지식과 태도를 꾸준히 교육을 통해 알려주어야 한다. 요양병원의 꽃은 요양보호사(간병인)임을 잊지 말아야 한다. 요양보호사의 진심 어린 관심과 사랑을 받는 환자는 표정이 밝고 평온하다.

마하트마 간디는 교육의 힘을 이렇게 표현했다.

> "생각이 바뀌면 태도가 바뀌고, 태도가 바뀌면 행동이 바뀌고,
> 행동이 바뀌면 인격이 바뀌고, 인격이 바뀌면 운명이 바뀐다."

교육은 단순히 지식을 전달하는 것이 아니다. 교육을 받는 사람의 잠재력을 끌어올려 태도의 변화를 유도하는 것이다. 내가 간호학과 학생을 지도할 때 간호사의 진정한 마음가짐을 중요시했듯, 요양보호사 교육 역시 진실한 돌봄이란 인간 존중에서 출발하는 것임을 인식시키는 것에서 출발한다. 우리의 부모님을 보살필 돌봄제공자의 직무능력 향상 교육은 나의 중요한 소명이다. 돌봄 제공자의 직업의식 함양과 태도의 변화를 끌어내기 위해 오늘도 나는 양질의 교육에 최선을 다하고 있다.

06 ● ● ●

어르신들을 위한 연주를 꿈꾸다

우리는 먹고 살기 위해 또는 자기만족을 위해 열심히 일한다. 매일 쫓기듯 반복되는 업무에 지치지 않으려면 무조건 쉬는 것이 아닌, 건강하게 휴식할 줄 알아야 한다. 건강한 휴식이란 신체와 정신의 피로를 모두 풀어주는 것을 말한다. 취미활동은 건강한 휴식의 한 방법이다. 우리는 다양한 취미활동을 통해 바쁜 일상의 스트레스를 해소하고 삶의 활력을 높일 수 있다.

취미활동이 주는 긍정적인 효과는 여러 가지가 있다. 취미활동은 뇌를 건강하게 하고 정신을 맑게 한다. 연구에 의하면 새로운 활동, 새로운 장소, 새로운 사람을 더 많이 경험할수록 뇌는 더 발전한다고 한다. 또한 취미활동에 집중하는 동안 잠시라도 근심이나 걱정거리를 잊을 수 있다. 취미활동을 즐기는 사람은 스트레스가 줄어들고 행복감과 자신감이 올라간다. 더불어 다른 사람과의 유대관계를 통해 소속감을 느끼고 사회적 관계를 계속 유지할 수 있다.

나는 대중음악을 좋아한다. 발라드, 댄스, 트로트, 재즈, 샹송, 팝 등 장르를 가리지 않고 좋아한다. 또 노래를 배우고 부르는 것을 즐긴다. 배우고 싶은 노래는 완벽히 소화할 때까지 몇 번이고 연습한다. 노래가 부르고 싶을 땐 집에 있는 노래방 기기를 틀어놓고 남편과 같이 노래를 부른다. 나는 음악이 좋다. 음악을 들으며 울고 웃는다. 음악이 있어 행복하다.

음악을 좋아하는 만큼 내겐 악기에 대한 욕심이 있다. 어렸을 때는 피아노 건반을 두드려 보는 게 소원이었다. 한때는 피아노를 치는 백발 할머니가 되는 게 꿈이었다. 나는 40대 후반에 피아노 학원에 등록했었다. 3개월 동안 열심히 배웠지만 피아노는 내게 버거운 악기였다. 한마디로 재능이 없었다. 잠깐 해보고 어찌 알겠냐마는 피아노에 대한 나의 열정은 새털처럼 가벼운 것이었다. 3개월 만에 피아노에 대한 꿈을 접었다. '참, 나는 포기도 빠른 사람이구나.' 웃음이 나왔다. 피아노는 포기했어도 악기에 대한 욕심은 여전했다. 무슨 악기라도 한 가지는 배우고 싶은데 딱히 눈에 들어오는 게 없었다.

그러던 어느 날, 악기에 대한 나의 갈증을 해소해 줄 운명의 악기가 내 눈앞에 나타났다. 최고경영자과정에서 만난 심리상담소장이 바로 오카리나 연주자이자 강사였다. 심리상담소장은 자기소개를 하면서 오카리나를 불었다. 한 손에 쥐어지는 작은 크기의 악기 하나로 저렇게 아름다운 연주를 할 수 있다니. 나는 맑고 깨끗한 오카리나 소리에 반해버렸다. 순간적으로 '어르신을 위해 오카리나를 불면 참 좋겠다.'라는 생각이 스쳐 지나갔다. 나는 오카리나를 배우고 싶다는 마음을 오카리나 연주자에게 표현했다. 6개월 간의 최고경영자과정이 끝나고 2024년 3월 오카리나 취미반이 개설되었다.

오카리나는 정말 매력적인 악기다. 오카리나 소리는 언제 들어도 거북하지 않은 소리, 싫지 않은 소리다. 물론 예쁜 소리를 내려면 많은 연습을 해야 한다. 오카리나는 휴대가 가능한 크기라 가방 안에, 차 안에 항상 가지고 다닐 수 있다. 트래킹을 하면서, 바닷가를 거닐면서, 공원을 산책하면서, 또는 가족 모임 시 어디서든 연주하며 즐길 수 있다. 게다가 오카리나 운지를 하다 보면 손가락 소근육 운동이 저절로 된다. 입으로 부는 악기라 호흡조절로 인한 폐 기능 향상에도 도움을 준다. 악보를 보고 계이름을 외우고, 리듬을 타면서 뇌가 활성화되어 치매 예방에도 효과가 있다.

나는 블랙홀에 빨려 들어가듯 오카리나 연습에 몰입했다. 기초반 수업은 나의 열정을 흡수하지 못했다. 나는 집에서 매일 연습했다. 오카리나를 접한 지 한 달이 되었을 때 나는 엄마 생신날 〈어느 60대 노부부 이야기〉를 연주했다. 실력은 어설프기 짝이 없었지만, 나는 엄마를 위해 꼭 불어 드리고 싶었기 때문에 실력은 중요하지 않았다. 엄마는 정말 기뻐하셨다. 그 이후로도 가족이 모이는 날이면 나는 오카리나를 분다. 여전히 서툰 솜씨로.

오카리나를 배우며 나에겐 새로운 목표가 생겼다. 첫 번째는 우리 병원에 계신 어르신들을 위해 꾸준히 연주하는 것이다. 9월 어르신 생신 잔치에 첫 연주가 잡혀 있었으나, 갑자기 코로나가 퍼지는 바람에 무산되었다. 코로나가 모두 물러간 지금, 추이를 좀 더 관찰한 후 다가오는 11월부터 매월 생신 잔치에 정기적으로 연주하기로 했다. 두 번째는 오카리나를 이용하여 봉사활동을 하는 것이다. 종이책 집필이 끝나면 주말을 이용해 본격적으로 시작하려고 한다.

세 번째는 갑자기 생긴 목표로, 2024년 10월 3~5일 사흘 동안 열리는 한국 국제 오카리나 페스티벌에서 솔로 연주를 하는 것이다. 종이책 집필을 하느라 시간이 부족했지만, 나는 매일 10분이라도 연습하는 것을 멈추지 않았다. 성인이 되어 누군가로부터 평가를 받는다는 건 참 부담스러운 일이다. 5명의 심사위원이 나를 바라보고 있었기에, 시선 처리부터 곤혹스러웠다. 비록 손에 땀이 나고 심장은 벌렁거렸지만, 긴장 속에서도 나 자신은 연주를 즐기고 있음을 전달하기 위해 노력했다. 심사위원과 눈이 마주치면 어색한 미소라도 지어 보였고, 뻣뻣하게 서 있지 않으려고 몸을 좌우로 흔들어 곡의 리듬을 타기도 했다. 나는 진심으로 입상을 기대하지 않았다. 참가에 의의가 있었고, 완주만 해도 성공이라 생각했다. 경연이 끝난 후 나는 전혀 예상하지 못한 금상을 받았다. 부족한 실력이었지만 나의 노력에 운이 더해진 결과였다.

네 번째는 나에게 외부 강의의 기회가 주어진다면 강의의 마지막을 오카리나 연주로 마무리하는 것이다. 나는 중소기업혁신개발원으로부터 안전교육사 자격증 과정 중 보건 안전 강의를 해달라는 요청을 받았다. 지난 9월 29일, 3시간의 강의를 마친 후 나는 오카리나 연주를 했다. 10월 15일 대한병원협회에서 주관하는 환자안전전담자 보수교육 강의를 마친 후에도 오카리나를 연주했다. 서툰 연주였음에도 청중들의 표정은 행복 그 자체였다. 연주자인 나에게 오히려 고맙다고 말해주는 수강생들 덕분에 더 큰 용기를 얻게 되어 정말 감사하다.

나는 사람을 만나면 그 사람의 마음이 먼저 보인다. 지나친 자만

인지는 모르겠으나 정말 그렇다. 나는 사람을 위해서 하는 일이 좋다. 사람의 마음을 어루만져주는 일이면 더 좋다. 나는 다른 사람의 이야기를 듣는 것을 좋아한다. 나는 사람과의 진정한 소통에서 행복을 얻는다. 내가 오카리나를 연주하는 이유도 사람과 함께하고, 사람과 마음을 나누고 싶어서다. 음악은 누구에게나 마음의 안정을 주는 힐링의 도구이다. 나는 나의 연주가 사람들에게 위안을 주고 사람과 사람 사이를 더 가깝게 이어줄 것이라 믿는다.

다시 또 한 걸음 내딛기

간호사가 된 후 나의 활동 영역은 병원과 학교가 되었다. 3년제 간호학과를 졸업한 후 바로 취업하여 병원 생활을 시작했고, 취업과 동시에 방송통신대학교 간호학과에 편입하여 2년을 공부했다. 간호학사 취득 후에는 곧바로 국립공주대학교 대학원 석사과정에 입학하여 또 2년을 공부했다. 그리고 석사학위를 받자마자 운 좋게 간호학과 겸임교수직을 맡게 되었다. 간호사로 근무하면서 학교 강의를 겸했기에, 늘 바쁜 일과를 보냈다. 하지만 시간이 흘러 병원 일과 학교 강의에도 익숙해진 탓일까. 어느새 하루하루를 습관처럼 살고 있는 나를 보며 불쑥 이런 생각이 들었다.

'나는 우물 안 개구리인가? 내가 매일 만나는 사람은 의사, 간호사, 교수뿐이네.'

나는 갑자기 내가 현재 몸담은 세상의 밖으로 나가고 싶은 충동이 일었다. 나는 또 잠시 생각했다. '나는 고요한 삶에 무료를 느끼나? 아니면 원래 다이내믹한 삶을 꿈꾸는 사람이었나? 그것도 아니면 무언가를 하지 않으면 불안한 건가?' 나 자신에게 물었으나 명확한 답은 찾지 못했다. 그저 내 생각대로, 마음이 이끄는 대로 해보기로 했다. '그래, 다른 분야의 사람을 만나보자!'
나는 바로 검색을 시작했다. 코로나가 잠잠해지면서 오프라인 강좌가 조금씩 개설되고 있었다. 문득 이전에 스치듯 들었던 지인의 말이 떠올랐다.

"기회가 되면 최고경영자과정을 밟아 봐요."

여러 대학교와 평생교육원을 검색했으나 개설한 곳이 거의 없었다. 경기·서울권은 과정이 몇 개 개설되어 있었지만 갈 수 있는 거리가 아니었다. 이곳저곳을 뒤지며 열심히 찾던 중 중소기업혁신개발원에서 개설한 최고경영자과정이 눈에 띄었다. 지원 대상은 기업의 대표와 소상공인이었다. 나는 바로 전화를 걸었다. 직장인의 신분으로 입학이 가능한지 물었다. 전문직은 가능하다는 답변을 듣고 나는 바로 등록했다.

ISEC(Investment Chief Executive Course) 7기로 명명되는 최고경영자과정은 6개월 과정이었다. 참여자의 대부분은 소규모 사업체를 이끄는 소상공인들이었다. 그 외 변호사, 세무사, 회계사, 법무사, 공인중개사, 교수 등이 있었다. 커리큘럼은 현재의 트렌드, 인공지능, 빅데이터, 주식 투자 방법, 리더십, 심리학 강의 등으로 이루어졌다. 이곳에서 만난 사람들은 내게 신선한 느낌으로 다가왔다. 우리나라의 의료계와 교육계는 정형화된 조직이다. 인간관계는 수직적이며 보수적인 사고방식으로 다소 폐쇄적이다. 각 잡힌 환경에 익숙해져 있는 나와는 달리, 자영업을 하는 사람들의 사고는 개방적이고 자유로워 보였다.

자영업자가 아닌 나는 최고경영자과정이 끝난 후 ISEC 7기 회원의 신분을 유지할 것인가를 두고 고민했다. 이들은 ISEC 7기라는 조직 안에서 크든 작든 서로 도움을 주고받으며 서로의 애경사를 마음으로 챙기는 관계로 발전한다. 그냥 알고 지내는 것과 하나의 끈으로 연결된 인맥은 의미가 달랐다. 세상사 모든 일은 결국 사람이 하는 것이다. 사람을 얻지 못하는 삶은 무의미하고 쓸쓸할 것이다. 나는 고민 끝에 ISEC 7기의 회원이 되어 다양한 분야에 종사하는 사람들과 귀한 인적 네트워크를 이어가기로 했다.

어느 날 중소기업혁신개발원으로부터 강의 요청이 들어왔다. 안전 관리사 자격증 수업 중 보건 안전 강의를 해달라는 것이었다. 나는 3시간을 강의했다. 그리고 강의를 들으러 온 또 다른 분야의 사람을 만났다. 3시간이라는 짧은 시간이었지만 강의 사이사이 수강생과 교류하는 즐거움을 경험했다. 간호학과 학생을 지도할 때와 병원 직원을 교육할 때와는 또 다른 매력이 있었다. 일방적인 강의라기보다는 서로 소통하는 듯한 느낌을 받았다. 나는 학교와 병원에서 하던 교육에 비해 좀 더 열린 마음으로 강의했다. 학교처럼 고정적인 스케줄에 의한 강의가 아닌, 랜덤으로 요구되는 다양한 강의에 도전해 보고 싶은 욕구가 올라왔다. 며칠 후 대한병원협회에서 환자 안전 보수교육 강의 요청이 들어왔다. 마치 세상이 내 마음을 읽고 답을 하는 것처럼, 신기한 일이 자꾸만 일어나고 있다.

"아! 난 그때 알았다. 숨기지 않고 드러낼 때 내가 얼마나 자유로웠고 재밌었는지. 얼마나 강해졌는지. 이렇게 난 나의 취약점을 감추지 않고 그대로의 나를 드러내는 데 10년이 걸렸다."

안무가 최보결 님의 『나의 눈물에 춤을 바칩니다』의 한 대목이다. 춤에는 춤추는 사람의 영혼이 담긴다. 똑같은 춤을 추어도 추는 사람에 따라 느낌이 완전히 다르다. 춤을 잘 추고 싶으면 무대 위에 자꾸 서야 한다. 실수하고, 넘어지고, "저게 무슨 춤이야."라는 소리를 듣게 되더라도 끊임없이 무대 위에서 춤을 추어야 실력이 는다. 혼자 추는 춤은 독백이다. 부족한 실력일지라도 자신의 춤을 당당하게 세상에 보여줄 수 있을 때 비로소 진정한 댄서가 된다. 우리의 인생도 춤을 추는 것과 같다. 나는 지금 용기를 내는 중이다. 세상에 어정쩡한 나의 춤을 선보일 용기, 어깨를 당당하게 펴고 막춤을 추어 볼 용기, 있는 그대로의 나를 당당하게 세상에 드러내 보일 용기 말이다.

나는 겸임교수인 나 자신이 부끄러웠다. 나는 석사학위를 받았지만 당당하지 못했다. 나를 기죽게 만든 건 다름 아닌 영어였다. 산업체 고등학교를 졸업한 나는 정규 교과 과정을 이수하지 못했다. 영어에 대한 기초가 없다. 세상이 좋아져서 번역기를 돌려 영문 해석을 하고, 영문 초록을 쓰고, 석사학위를 받는 데는 문제가 없었다. 하지만 문법에 대한 지식이 없는 내게 영어 수업은 고통이었다. 누군가는 그게 무슨 문제가 되냐고 할지도 모르겠다. 하지만 나에게 영어는 채워지지 않는 허기다. 하지만 이제는 안다. 있는 그대로의 나를 드러내는 용기가 진정한 용기라는 것을.

블로그를 처음 시작할 때의 마음도 그랬다. 비공개 글이 아닌 이상 누군가 한 명은 읽는다고 생각하니 두려웠다. 일기 같은 나의 글에서 드러나는 내 모습을 다른 사람들이 어떻게 볼까? 괜히 신경이 쓰였다. 그랬던 내가 지금 이렇게 종이책을 쓰고 있다. 정말 신기한 변화다. 글쓰기의 힘은 실로 놀라웠다. 글은 쓰면 쓸수록 나 자신에게 솔직해졌다. 글이 쌓이는 만큼 나는 벌거벗겨졌다. 어느 날 솔직한 나의 글을 좋아해 주는 이웃이 몇 명 생겼다. 나는 그걸로 충분했다. 더 이상 나를 드러내는 게 부끄럽지 않았다. 그리고 알게 되었다. 개개인의 삶은 모두 글이 된다는 사실을 말이다.

나는 지금 나의 삶을 글로 쓰고 있다. 한 권의 책을 완성하기까지는 엄청난 인고의 시간을 견뎌야 한다. 이것은 힘들지만 온전한 내 모습을 세상에 보여주기 위한 과정이다. 또한 세상을 향해 한 걸음 더 내딛고자 하는 내 의지의 표현이다. 세상으로 향하는 길목을 가로막는 건 다름 아닌 자기 자신이라는 벽이다. 책을 쓴다는 것은 자기 자신을 넘어서는 일이다. 자기 자신을 넘어서야 비로소 세상 밖으로 당당히 나아갈 수 있다.

〈글의 씨〉

옥토에 글씨를 심었다.

따뜻한 햇볕과 마르지 않을 물
자양분이 될 거름을 주자.

글씨가 싹을 틔워
책이라는 나무가 될 테니

사랑, 희망, 감동, 교훈
풍성한 열매를 맺기를.

풍파에 흔들리지 않는
뿌리 깊은 나무가 되기를.

CHAPTER_05

제5장

요양병원에서
내 삶도
익어가는 중이다

———

내 삶에 허용된
시간의 길이는 내가
어찌할 수 없지만
내 삶의 굵기는 내
의지대로 만들어갈 수
있으니, 이 얼마나
다행스러운 삶인가?

요양병원에서 삶의 지혜를 배우다

　　심리학자 에이브러햄 매슬로우는 동기부여 이론으로 널리 알려진 '욕구 단계이론(Need Hierarchy Theory)'을 완성했다. 인간은 한평생을 사는 동안 가장 낮은 단계의 욕구로부터 출발하여 그것이 충족됨에 따라 차츰 상위 단계로 올라간다는 학설이다. 인간은 가장 원초적인 생리적 욕구가 채워지면 안전해지려는 욕구를, 안전 욕구가 채워지면 사랑과 소속 욕구를, 더 나아가 인정받고 싶은 존경 욕구와 마지막 단계인 자아실현 욕구를 채우기 위해 노력한다는 것이다. 그렇다고 모든 인간이 자아실현 욕구의 단계까지 도달하는 것은 아니다.

나는 요양병원에서 매일 건강하지 않은 어르신들을 만난다. 어르신들은 미래를 위해 살지 않는다. 단지 지난 과거를 돌아보며 오늘을 살 뿐이다. 요양병원에서는 대부분 자신의 의지와 상관없이 가장 원초적인 생리적 욕구 단계의 삶을 살아간다. 건강하지 않은 어르신이 자신의 의지대로 생산성 있는 삶을 살아가기란 어렵다. 매슬로우의 욕구이론에 빗대어 볼 때 존경 욕구와 자아실현 욕구까지 모두 이룬 어르신은 똑같은 생활에서도 좀 더 평온하고 여유 있는 모습을 보인다. 자신의 지나온 삶이 만족스러운 사람은 인생의 마지막을 살아가는 모습도 아름다운 경우가 많다.

프랑스의 파스칼 브뤼크네르의 저서 『아직 오지 않은 날들을 위하여』에는 인디언 서머에 관한 내용이 있다. 인디언 서머(Indian summer)는 북아메리카 대륙에서 발생하는 기상현상을 일컫는 말로, 늦가을에서 겨울로 넘어가기 직전 일주일 정도 따뜻한 날이 계속되는 것을 말한다. 아메리카 원주민들은 본격적인 추위가 오기 전의 이 기간을 겨우살이를 준비하는 시간으로 삼았다고 한다. 미국과 캐나다에서는 본래의 어원과 무관하게 늦은 나이의 행복한 성공에 비유하기도 한다.

우리의 삶 전체를 사계절로 구분한다면 노년은 늦가을 혹은 겨울에 해당한다. 북아메리카의 인디언 서머는 일주일이지만, 우리의 삶에 주어진 인디언 서머는 충분히 긴 시간이다. 파스칼은 인생의 추운 겨울이 오기 전, 새로운 가능성을 찾아 나서는 시기가 인디언 서머라고 말한다. 노년의 시간을 어떻게 보내느냐에 따라 자신이 자각하는 겨울의 체감온도는 다를 것이다. 꾸준히 새로운 것에 도전하며 '삶의 의미'를 찾는 활동을 계속한다면 노년의 삶은 재앙이 아닌, 감사한 수혜의 시간으로 바뀔 것이다.

우린 모두 늙고 죽는다. 시기의 차이일 뿐, 언젠가는 누군가의 도움 없이는 살 수 없는 상태가 된다. 노화는 극복해야 할 대상이 아니다. 게다가 노인 환자의 대부분은 치매 질환을 앓고 있다. 치매 증상은 크게 인지 기능 장애와 행동 심리 증상으로 나뉜다. 기억력 저하와 같은 인지 기능 장애는 정상적인 노화 과정에서도 발생할 수 있다. 행동 심리 증상은 BPSD(Behavioral and Psychological Symtoms of Dementia)라고 하며, 치매에서 비롯된 다양한 이상행동을 말한다. 무감동, 우울, 낙담, 불안, 초조, 공격성, 배회, 수면 불량, 성적 행동의 이상, 특이한 행동의 반복 등이 특징적으로 나타난다.

심리학 용어에 자이가르닉 효과라는 게 있다. 제대로 마무리하지 못한 일을 마음속에서 쉽게 지우지 못하는 현상을 말한다. 이루지 못한 일이 많다고 생각할수록 자신의 삶을 비관하고 우울감에 빠질 가능성이 높다. 정신분석가 그레테 비브링에 의하면 인간은 자신이 꿈꾸던 삶의 목표인 자아 이상과 자신이 살고 있는 현실의 차이만큼 우울을 경험한다고 한다. 문득 '병원에 계신 많은 어르신들에게서 우울증을 비롯한 여러 가지 행동 심리 증상이 나타나는 이유는 자신이 미처 완성하지 못한 지난 삶에 대한 회한 때문이 아닐까?'라는 생각이 든다.

병원 관리자 방의 카톡 알람이 울린다.

"OOO 님, OO시 OO분 임종하셨습니다."

요양병원에는 죽음이 있다. 많은 사람이 요양병원은 죽기 위해 들어가는 곳이라고 말한다. 틀린 말은 아니지만, 맞는 말이라고 동의하고 싶지 않다. 나는 요양병원은 죽음을 차분하게 준비하는 곳이라고 생각한다. 누군가는 그 말이 그 말이지 무슨 차이가 있냐고 할지 모르겠다. 자신의 처지를 비관하고 죽기만을 기다리며 침상에 누워 있는 것은 말 그대로 죽은 삶이다. 죽음을 준비한다는 것은 자신의 삶을 돌아본다는 의미이다. 나의 삶은 어떠했는지, 아쉬운 부분은 무엇인지, 가족에게 못다 한 말은 없는지, 남은 시간을 얼마나 귀하게 여기며 소중하게 보낼 것인지 등을 생각하는 것이다. 치매로 인한 인지 저하가 심한 경우 가족이 그 역할을 대신해 주어야 한다.

95세 된 여자 어르신이 있었다. 병원 생활을 한 지 6년이 넘은 분이다. 게다가 어르신은 자발적으로 병원에 입원하셨다. 어르신은 마지막 순간까지 인지가 또렷하여 어르신 스스로 모든 걸 결정하셨다. 뇌혈관 질환으로 편마비가 있었으나 휠체어를 항상 혼자 타셨다. 간병인이 좀 도와드리겠다고 가까이 가면 손사래를 치셨다. 입사한 지 얼마 안 된 직원은 어르신을 잡아주려다 한 대 맞기까지 했다. 그렇다고 삶에 대한 애착이 높은 분이 아니었다. 살 만큼 살았는데 당신의 명이 길어 자식을 힘들게 한다고 늘 안타까워하셨다. 어르신은 당신의 식사량, 당신의 움직임, 심지어 당신이 복용하는 약물까지 스스로 조절하셨다. 오랜 기간 약을 드시며 약 이름과 약 모양을 모두 파악한 것이다. 나는 어르신을 통제하려 애쓰지 않았다. 어느 날 어르신이 나를 찾으셨다.

"아무래도 내가 곧 죽으려나 봐, 아들 좀 불러 줘."

당시 70대 중반이던 아들은 자주 면회를 왔다. 면회를 마치고 돌아갈 때면 "우리 엄마는 정말 대단한 분이세요. 어떻게 저 나이가 되도록 정신이 저리도 꼿꼿할 수 있는지. 우리 엄마는 당신이 요구하지 않은 건 아무것도 못 하게 하세요. 우리는 먹을 것도 마음대로 못 사와요."라고 했다. 이후 어르신은 당신의 주변 정리를 하셨다. 짐을 아들에게 돌려보내고 침상을 매일 정돈하셨다. 나는 어르신의 마지막 모습을 보지 못했다. 새벽에 돌아가셨다는 연락을 받았을 뿐이다. 어르신의 죽음은 나의 기억에 남아 있는 몇 안 되는 아름다운 죽음이었다. 누구나 죽음은 두렵다. 하지만 죽음을 받아들이는 자세는 사람마다 다르다. 살면서 겪게 되는 숱한 삶의 위기를 대하는 태도가 모두 다른 것처럼 말이다.

노인은 나쁜 본보기를 보이든가, 좋은 조언을 많이 해주든가 둘 중 하나라고 한다. 요양병원에 계신 어르신들 또한 그러하다. 긴 시간 함께 생활하다 보면 어르신 개개인의 지나온 역사를 저절로 알게 된다. 가족과의 유대관계는 어떠한지, 사회생활의 만족도는 어땠는지, 어떤 가치관으로 살아오셨는지 어림짐작이 가능하다. 지금 어르신의 모습은 당신의 치열한 지난날의 결과이기 때문이다. 불만족스럽고 이기적인 삶을 살아오신 분은 병원에서도 다르지 않다. 함께 생활하는 다른 환자를 존중하지 않으며 간병인을 함부로 대한다. 당신의 자식을 들들 볶는다. 지나온 시간이 만족스럽고 이타적인 삶을 살아오신 분은 일상에서 배려가 자연스럽다. 아픈 어르신을 케어한다는 것은 어르신의 건강하지 않은 삶까지도 어루만지는 일이다. 각기 다른 삶의 모습을 이해하고 그 안에서 올바른 인생의 방향을 찾아가는 배움의 기회이기도 하다. 나는 다가올 나의 노년을 어떻게 보낼 것인지, 어떤 자세로 늙어 가야 할 것인지를 요양병원에서 배운다. 요양병원의 어르신들은 나쁜 본보기와 좋은 조언을 동시에 해주는 감사한 존재다. 나는 내 인생의 추운 겨울날 후회보다는 충만의 기억이 많기를 바란다. 삶은 증여인 동시에 채무라고 했다. 내게 주어진 시간은 부모로부터 증여받은 삶이자, 후손에게 또는 타인에게 베풀며 갚아야 하는 채무인 것이다.

내 삶도 익어가는 중

우아한 노년을 꿈꾸다

       지금 우리는 100세 시대를 살고 있다. 2050년
에는 인간의 기대 수명이 120세까지 늘어난다고 한다. 이제는 정
말 '오래 사는 것이 과연 복인가?'라는 의문이 든다. 인간은 사회
적 동물이며 생각하는 존재다. 인간은 단순한 생명의 연장을 원하
지 않는다. 나이가 들어서도 기억을 잃지 않고 타인의 도움 없이
자신의 의지대로 살아가길 원한다. 노년의 가장 큰 두려움은 신체
기능의 저하가 아니라 나와 타인을 잊는 것이다.

데이비드 스노든 박사가 쓴 『우아한 노년』이라는 책이 있다. 이 책
은 내가 대학원에 다닐 때 노인 간호학 교수님의 추천으로 읽게
된 책이다. 이 책은 교육 수준과 생활양식이 비슷한 수녀들의 삶
을 추적하고 조사하여 성공적인 노화의 비밀과 알츠하이머병에

대한 연구 결과를 기술한 책이다.

스노든 박사는 1986년부터 미국 노트르담 교육 수도회의 수녀들과 동고동락하면서 수녀 678명의 사후 뇌 기증과 수도원의 기록을 바탕으로 100년간 추적 관찰연구를 했다. 1991년부터 사후 기증한 뇌 부검을 시작하여 뇌의 병리학적 소견과 수녀들의 언어, 인지, 행동에 관한 조사 분석 결과, 알츠하이머병이란 오랜 기간에 걸쳐 매우 복잡한 요인이 작용하는 일련의 과정이라는 것을 알아냈다. 스노든 박사는 수녀원에 들어가는 스무 살 전후에 쓴 자서전을 분석하여 언어처리 능력이 뛰어나면 알츠하이머병에 걸릴 확률이 낮으며, 알츠하이머병은 나이가 든다고 해서 누구나 걸리는 질병이 아니라는 것을 밝혀냈다.

또한 스노든 박사는 브라크(Brake) 단계에 대해 언급했다. 이 단계는 인간의 삶에서 노화에 따른 능력 저하가 발생하는 단계로 '명백한 능력 저하'를 의미한다. 이 단계에 들어서면 인간은 기존에 가지고 있던 능력이나 기술을 사용하는 것이 더 이상 어려워지며, 새로운 기술이나 지식을 습득하기도 어려워진다. 브라크 단계는 인간의 노화 과정에서 중요한 단계 중 하나이며, 이를 인식하고 대처하는 것이 중요하다고 말한다.

스노든 박사는 이 연구를 통해 알츠하이머병에 걸리지 않기 위해

선 다음과 같은 노력이 필요하다고 말한다. 항상 공부하며 성장하는 삶을 살아가기, 어려서부터 책을 읽어 개념 밀도를 높이기, 명랑하고 쾌활하게 지내기, 자신을 표현하는 데 자유로워지기, 타인을 위한 사랑과 다정함을 가지기, 습관적으로 화를 내거나 적대감을 가지지 않기, 엽산이 풍부한 과일과 채소(시금치, 케일, 호두, 콩 등)를 즐겨 먹기, 운동을 하며 자신을 돌보기, 그리고 사랑과 봉사를 실천하기다.

대만에서는 노년의 삶을 이야기할 때 가장 먼저 할머니 의사 류슈즈를 언급한다. 류슈즈는 은퇴 전까지 타이베이 룽쭝병원 신경과 전문의와 타이베이 의과대학 교수로 30년 넘게 일하며 치매 치료의 최고 권위자로 이름을 날렸다. 류슈즈는 노년에 접어들어 허리 수술, 백내장 수술, 유방암 수술을 받으며 온몸으로 노화를 경험한다. 이후 류슈즈는 40년 가까이 노인 의학과 치매 연구에 몰두했다. 류슈즈는 자신의 저서 『나답게 나이 드는 즐거움』에서 노년의 건강하고 독립적인 삶을 위한 여섯 가지 삶의 태도를 제시했다. 첫째, 다양한 거리를 두는 친구 관계를 맺으라 한다. 둘째, 일과 삶, 관계에서 자신의 가치관대로 살라 한다. 셋째, 현재의 나이를 아끼고 사랑하라 한다. 넷째, 건강한 뇌를 유지하라 한다. 다섯째, 노년에 도움이 되는 건강 지식을 익히라 한다. 여섯째, 다가올 세상에 대한 호기심을 가지라 한다.

우리나라는 65세 이상을 노인으로 분류한다. 예측대로 기대수명이 120세로 늘어난다면 65세는 더 이상 노인이 아니라 중년이다. 인간의 평균수명이 길어지면서 노년의 삶에 관한 관심은 점점 높아지고 있다. 누구나 나이가 들고, 늙어 가는 것은 거스를 수 없는 운명이다. 과거에는 환갑이면 충분히 살았다고 여겼다. 60대 이후에는 더 이상 새로운 것을 배울 필요가 없었다. 지금은 65세 이후에도 30~40년을 더 살아야 한다. 세상은 하루하루가 다르게 변화한다. 세상의 흐름을 읽지 못하고 배우기를 멈추는 순간 우리는 진짜 노인이 되어 수십 년을 무기력하게 살아야 할지도 모른다.

유튜브와 SNS, 온라인 강의 등 과거에 비해 '배움'만큼은 자신의 열정과 노력만큼 얻을 수 있는 평등한 사회이다. 새로운 것을 받아들이고 습득하는 능력은 젊은 사람에 비해 뒤처질 수 있어도, 경험으로 체득한 지혜와 지식 위에 덤으로 쌓이는 배움은 또 다른 경쟁력이 있을 것이다. 길어진 노년을 행복하게 보내는 방법은 세상의 변화를 온몸으로 맞이하는 것이다. 사회의 한 구성원으로서 자신의 자리를 탄탄하게 만들어가는 것이다. 나에게 우아한 노년이란 그런 것이다. 세상에 발맞추어 죽을 때까지 배움의 끈을 놓지 않는 것.

데이비드 스노든 박사는 자신의 연구를 통해 "건강하게 늙는 이들은 풍부한 어휘력과 독해력을 가졌다. 마음은 육체와는 다른 달력에 의해 늙어간다."고 말했다. 풍부한 어휘력과 독해력은 책 읽기와 글쓰기를 통해 얻어지는 것이다. 지금 내가 하고 있는 책을 읽고 글을 쓰는 행위가 건강하게 늙어가는 방법이라니, 이보다 더 좋을 순 없다. 나의 신체 나이는 50대지만, 내 마음의 에너지는 30대이다. 나는 일상의 삶에서도 나이를 자각하지 않고 산다. 때때로 나에게 "철없는 애 같아!"라고 던지는 누군가의 농담이 행복하게 들린다. 몸은 늙어도 마음은 청춘이랬다. 글을 쓰는 지금 이 순간 나의 몸과 마음은 따로 늙어가는 중이다.

우리는 뒷모습이 아름다운 사람이 진정으로 아름다운 사람이라 말한다. 우리의 눈에 보이는 앞모습은 연출이 가능하다. 기분이 나빠도 괜찮은 척할 수 있고, 행복한 척 가식의 웃음을 지어 보일 수 있다. 앞머리를 단정하게 하고 색조 화장으로 좀 더 예쁘게 보일 수 있다. 하지만 뒷모습은 거짓말을 할 수 없다. 미처 확인하지 못한 헝클어진 머리, 듬성듬성 횡한 머리숱, 처진 어깨, 굽은 등, 팔자걸음. 나는 볼 수 없는 내 모습을 남들은 볼 수 있다. 뒷모습은 때로 아프고 슬프다. 사랑하는 연인의 뒷모습은 애잔한 사랑의 그림자다. 고단한 아버지의 뒷모습은 힘겨운 삶의 무게다. 돌아누운 남편과 아내의 뒷모습은 함께한 세월의 잔상이다. 뒷모습은 그 사람의 인생의 발자취이자 흔적이다.

늙는다는 건 뒷모습을 보이는 일이다. 앞모습을 꾸미는 데 집중하는 삶은 진실과 멀어지기 쉽다. "앞모습은 보여주는 것이고, 뒷모습은 들키는 것이다."라는 말처럼 숨기려야 숨길 수 없는 것이 자신의 뒷모습이다. 뒷모습은 삶의 습관으로 만들어진다. 살아온 삶의 흔적이 묻어나고 앞으로 살아갈 삶의 형상이 그려진다. 진실한 사람은 뒷모습이 아름다운 사람이다. 뒷모습이 아름다운 사람은 겉과 속, 시작과 끝, 머문 자리와 떠난 자리가 다르지 않다. 보일 때와 보이지 않을 때의 삶의 모습이 한결같다. 엘레노어 루스벨트는 "젊고 아름다운 사람은 자연의 우연한 산물이지만, 늙고 아름다운 사람은 하나의 예술 작품이다."라고 말했다. 나는 뒷모습이 아름다운 하나의 예술 작품이 되고 싶다.

내가 만약 내일 죽는다면

10여 년 전 자궁내막암 진단을 받던 날 나는 죽음을 떠올렸다. 암 덩어리 제거를 위해 자궁 전체를 절제하면서 전이를 막기 위해 서혜부 임파선을 잘라냈다. 그날 이후 나의 다리는 순환이 안 되어 퉁퉁 부어오르는 날이 많다. 가끔 다른 부위에서 암세포가 자라고 있는 건 아닌지 걱정될 때가 있다.

인간은 자신의 의지와 상관없이 병들고 늙어간다. 모든 인간의 종착지는 결국 죽음이다. 우린 모두가 죽는다는 걸 알면서도 매일 전쟁 같은 삶을 산다. 그건 아마도 언제 죽을지 아무도 모르기 때문일 것이다. 나는 가끔 나 자신에게 묻는다. 내가 만일 내일 죽는다면 나는 무엇을 할 것인가? 나의 대답은 "그냥 지금처럼 후회가 남지 않을 일상을 살겠다."이다.

반칠환 님의 『새해 첫 기적』이라는 시선집에 이런 대목이 있다.

"황새는 날아서, 말은 뛰어서, 거북이는 걸어서, 달팽이는 기어서, 굼벵이는 굴렀는데 한날한시 새해 첫날에 도착했다. 바위는 앉은 채로 도착해 있었다."

어찌 보면 허무하고 어찌 보면 희망적인 문장이다. 기는 사람, 걷는 사람, 뛰는 사람 모두 한날한시에 새해를 맞이한다. 아무리 힘들어도 새해는 밝으니 용기를 잃지 말라는 뜻인지, 굳이 발버둥칠 필요 없다는 뜻인지 헷갈린다. 나는 이렇게 해석하려고 한다. 새해는 한날한시에 왔을지언정 새해를 맞이하는 느낌은 분명 다를 것이라고. 가만히 앉아서 맞이하는 새해, 기면서 맞이하는 새해, 뛰면서 맞이하는 새해, 하늘을 날면서 맞이하는 새해가 같을 리 없다고. 인간의 삶에 있어 새해를 맞이하는 것과 죽음을 맞이하는 것은 같은 맥락이라는 생각이 든다. 나는 죽음의 순간까지 어떤 태도로 삶을 대할 것인지 답을 정했다.

2023년 12월의 어느 날, 서울에 있는 딸을 만나러 갔다. 딸은 서울에서 직장생활을 한다. 딸의 집에서 이런저런 이야기를 나누다가 딸이 좋아하는 유퀴즈 프로그램을 함께 보게 되었다. 유퀴즈의 주인공은 80세에 일성고등학교에 입학하여 4년이 지난 2024년 수능에 응시한 김정자 님이었다. 김정자 님은 학교까지 2시간이나 걸리는 등굣길을 단 한 번의 지각이나 결석 없이 4년 동안 걸어 다니셨다. 김정자 님은 서툰 영어로 자기소개를 하셨다. 영어를 배워서 미국에 있는 손주들과 대화를 잘하는 할머니가 되고 싶다고 하셨다. 그러기 위해 숙명여대 영문학과에 진학하고 싶다고 하셨다.

냉정하게 누가 봐도 숙명여대 영문학과 입학은 불가능하다. 하지만 그 누구도 김정자 님 앞에서 '불가능'이란 단어를 함부로 꺼낼 수 없었을 것이다. 최종적으로 김정자 님은 수능 결과를 받은 후 숙명여대 영문학과가 아닌, 숙명여대 평생교육원 사회복지학과에 지원하겠다고 하셨다. 4년 전 꼿꼿하던 김정자 님의 허리는 90도 가까이 굽었다. 그럼에도 새벽 일찍 등교하는 그 시간이 제일 행복하다고 하신다. 죽을 때까지 공부하겠다는 84세의 김정자 님을 보며 삶에 대한 목표와 의지가 분명한 사람은 나이에 흔들리지 않는다는 것을 알 수 있었다.

최고경영자과정에서 만난 평생교육원 교수님이 계신다. 교수님은 60여 년 경력의 서예 전문가이시다. 교수님은 오래전부터 신장 투석을 받고 있었지만, 질병에 대한 내색을 전혀 하지 않으신다. 항상 즐겁고 밝은 모습이시다. "하루하루를 즐겁게 살자."라는 모토로 모임에도 적극적으로 참여하신다. 내 눈엔 처음 만난 날보다 점점 더 야위어 가는 교수님의 모습이 보인다. 뵐 때마다 걱정스럽고 안타깝다. 어느 날 교수님과 인사를 나누며 교수님의 허락하에 안아드린 적이 있다. 그날 교수님은 당신의 서예실로 나를 불러 자필로 쓰신 천자문 책을 선물해 주셨다. 교수님의 서예실을 처음 방문한 나는 교수님의 역사를 눈으로 확인했다. 어렸을 때부터 썼다는 붓글씨의 긴 발자취는 놀람과 경이로움 그 자체였다. 자신이 좋아하는 일을 평생 정성스럽게 해온 교수님의 인생은 그 누구의 삶보다 고귀해 보였다. 자신의 건강 상태를 비관하지 않고 긍정적으로 흡수하는 모습 또한 존경스러웠다. 교수님이 붓글씨를 쓰는 모습은 마치 절제된 삶을 위한 다스림의 시간 같았다.

신장 투석은 힘든 과정이다. 개인차가 있지만 1주일에 3회, 3~5시간 긴 투석 시간을 견뎌야 한다. 스스로 신체의 변화를 예민하게 관찰해야 하고, 정신적 스트레스를 극복해야 한다. 신장 투석을 받으며 일상생활을 평소처럼 유지한다는 건 교수님의 보이지 않는 내면의 노력과 단단하게 다져진 온유함이 있기 때문이다. 흔들림 없이 긍정적인 마음으로 자신의 질병에 임하는 교수님의 자세는 내게 큰 교훈을 주었다.

대략 1년 전쯤 나는 이석증 진단을 받았다. 이석증이란 '양성 발작성 체위성 현훈'이라고 하며, 주변이 빙글빙글 도는 심한 어지러움이 수초에서 1분 정도 지속되다가 저절로 좋아지는 증상이 반복된다. 게다가 재발이 잘된다. 이석증의 원인은 명확하지 않다. 모든 나이에서 발생할 수 있으나, 40~50대 이후 더 자주 발생한다고 알려져 있다.

이석증으로 인한 어지러움은 단순한 현기증이 아니다. 정말 공포를 느낄 정도로 어지럽다. 몸을 조금만 움직여도 세상이 빙글빙글 돈다. 속이 울렁거려 구토를 하기도 한다. 저절로 괜찮아질 때까지 기다려야 하는데 정말 고통스럽다. 나의 이석증은 최근까지 세 번 재발했다. 증상이 반복되자 괜한 걱정이 밀려왔다. '혹시 뇌에 종양이라도 생겼나? 뇌에 다른 문제라도 있는 건가?' 나는 병원에 가서 MRI(Magnetic Resonance Image)와 MRA(Magnetic Resonance Angiography)를 찍었다. MRI는 자기장을 이용해 인체의 구조 및 질환의 여부를 확인, 뇌 자체의 종양 유무나 뇌의 위축, 염증과 같은 감염 여부 등을 확인할 수 있다. 이에 비해 MRA는 뇌혈관을 영상화해서 동맥류, 혈관 기형 및 기타 혈관의 상태를 확인할 수 있다. 다행히 흠잡을 데 없이 깨끗하다는 결과가 나왔다.

내가 뇌의 MRI와 MRA를 찍은 이유는 두려움 때문이다. 뇌에 문제가 생기면 일상생활이 무너지고 누군가의 도움이 필요한 상황이 된다. 나는 질병이나 죽음 자체는 두렵지 않다. 다만 나로 인해 가족의 삶이 흔들릴까 봐 두려울 뿐이다. 누구나 같은 마음이겠지만 나는 깔끔하게 죽길 원한다. 나는 말이 씨가 된다는 속담을 믿는다. 그래서 매일 말의 씨를 뿌린다. "나는 나의 아버지처럼 깔끔하게 생을 마감할 것이다."라고.

얼마 전 친구의 전화를 받았다. 친구는 대뜸 나에게 "너무 그렇게 애쓰며 살지 마라. 인생 뭐 있냐. 이제 좀 즐기며 살아도 되잖아. 맨날 열심히만 살다가 어느 날 갑자기 죽으면 너무 억울하지 않겠어?"라고 한다. 이유인즉, 친구의 지인이 심장마비로 쓰러져 사망한 것이다. 나 역시도 최근에 젊은 지인의 부고 소식을 세 번이나 들었다. 부고장을 받을 때면 나의 마음도 쓸쓸함과 허망함에 휩싸인다. 그와 동시에 죽을 때 후회하지 않는 삶이란 어떤 것인지 고민한다. 하지만 고민의 끝은 항상 같은 결론이다. 마지막까지 내가 하고 싶은 것을 하다가 죽는 것이다. 향락을 누리는 게 행복이면 맘껏 향락을 누리면 된다. 공부하는 게 행복이면 실컷 공부하면 된다. 돈 버는 게 행복이면 돈 버는 일에 집중하면 된다. 자신의 삶을 자신의 의지대로 살지 못했기에 억울한 것이다. 그것이 환경적 이유였건, 자신의 이유였건 말이다.

"죽음은 마침표가 아닙니다. 죽음은 영원한 쉼표, 남은 자들에겐 끝없는 물음표, 그리고 의미 하나 땅 위에 떨어집니다. 어떻게 사느냐는 따옴표 하나"

김소엽 시인의 『죽음은 마침표가 아닙니다』 중의 한 구절이다. 나는 종종 죽음에 대해 남편과 이야기를 나눈다. 나는 늘 이렇게 말한다. "여보, 나는 짧고 굵게 살래." 나는 내일 지구의 종말이 오더라도 오늘 한 그루의 사과나무를 심을 것이다. 내 삶에 허용된 시간의 길이는 내가 어찌할 수 없지만 내 삶의 굵기는 내 의지대로 만들어갈 수 있으니, 이 얼마나 다행스러운 삶인가?

04 • • •

원하는 순간, 행복모드로 바꾸는 기술

'문학동네 어린이 문학상 대상'을 수상한 루리의 저서 『긴긴밤』에 이런 대사가 나온다.

"훌륭한 코끼리는 후회를 많이 하지. 덕분에 다음 날은 전날보다 더 나은 코끼리가 될 수 있는 거야. 나도 예전 일들을 수없이 돌이켜 보고는 해. 그러면 후회스러운 일들이 떠오르지. 하지만 말이야. 내가 절대로 후회하지 않는 것들도 있어. 그때 바깥세상으로 나온 것도 후회하지 않는 몇 안 되는 일들 중 하나야."

나는 지금까지 다양한 경험을 하며 살아왔다. 한 직장에 꾸준히 다니지 못해 역마살이 끼었다는 말을 자주 들었다. 내가 한 직장에 꾸준히 다니지 못한 건 그곳에서 만족감을 얻지 못했기 때문이다. 아무리 열심히 일해도 더 나은 대우를 받을 수 없었고, 더 발전할 것이라는 희망을 가질 수 없었다.

'나에게 문제가 있는 걸까?'라는 의문이 매 순간 들었다. 여러 가지 직업에 도전하면서 '차라리 지난번 직장에 그대로 있을걸. 그랬으면 지금쯤 5~10년이 되어 퇴직금이라도 많이 쌓였을 텐데.'라는 아쉬움도 있었다. 지금 이 글을 쓰며 나는 안다. 지난날의 경험이 겹겹이 쌓여 오늘의 내가 만들어졌다는 것을. 역마살이 낀 것처럼 구르고 굴러 굳건한 마음의 굳은살이 새겨졌다는 것을. 나는 무모하게 세상을 굴렀던 그때를 후회하지 않는다.

"세상에는 두 종류의 사람이 있다. 자신이 할 수 있다고 생각하는 사람과 할 수 없다고 생각하는 사람이다. 물론 두 사람 다 옳다. 그가 생각하는 대로 되기 때문이다."

기업인 헨리 포드가 한 말이다. 누구에게나 힘든 시기가 있다. 한평생을 걱정 없이 편안하게 살아가는 사람은 아마 없을 것이다. 긍정적인 생각은 긍정적인 말과 행동을 하게 만든다. 긍정적인 말과 행동은 곧 긍정적인 결과로 이어진다. 일이 잘 풀리지 않을 때는 누구나 부정적인 감정이 들 수밖에 없다. 하지만 안 될 것 같고, 못할 것 같은 상황에서도 부정적인 느낌에 흔들리지 말아야 한다. 자신에게 찾아온 부정적인 감정을 잘 다루어 적당히 무시하고, 적당히 공감하면서 꿋꿋하게 자기 갈 길을 가야 한다.

나는 혼자 상상하는 걸 즐긴다. 이건 오래된 나의 습관이다. 어린 시절 우리 집은 끼니를 걱정할 만큼 가난했다. 하루살이 같은 살림이었지만 엄마는 동화책, 문학 전집, 역사 전집 등 책을 할부로 사주셨다. 나의 상상은 그때부터 시작됐다. 예쁜 공주가 되어 왕자님과 결혼하는 상상을 했다. 절벽 위를 뛰어내리며 내 몸에 날개가 펼쳐지는 상상을 했다. 양탄자와 빗자루를 타고 하늘을 나는 상상을 했다. 구름 위에서 뛰어노는 상상을 했다. 동물들과 대화를 나누는 상상을 했다. 나는 행복한 아이였다.

산업체 고등학교를 다니면서 대학생이 되는 상상을 했다. 간호조무사로 일할 때는 환자와 병원 관계자에게 인정받는 상상을 했다. 사무직으로 일할 때는 승진하는 상상을 했다. 컴퓨터 강사를 할 때는 학생들에게 인기투표 1위로 뽑히는 상상을 했다. 보험회사에서는 영업왕이 되는 상상을 했다. 요식업 서빙을 할 때는 식당을 차려 사장이 되는 상상을 했다. 야속하게도 대부분 상상에 그

쳤지만, 단 하나 대학생이 되는 상상은 현실이 되었다.

간호사가 된 이후에도 나의 상상은 계속됐다. 간호사로 일하며 수간호사가 되는 상상을 했다. 대학원에 다니며 간호학과 학생을 가르치는 상상을 했다. 수간호사로 일하며 환자 안전 전담 간호사가 되는 상상을 했다. 최고경영자과정에 등록하며 외부 강의 요청을 받는 상상을 했다. 블로그를 시작하며 종이책을 쓰는 상상을 했다. 감사하게도 상상은 모두 현실이 되었다.

나의 일상은 상상의 연속이다. 발표할 때는 주어진 시간 안에 정확한 메시지를 전달하는 나를 상상한다. 강의하는 날엔 학생들이 졸리지 않도록 신명 나는 수업을 하는 나를 상상한다. 집에 손님이 오면 음식을 맛있게 만들어 내는 나를 상상한다. 오카리나 연습을 하면서 아름다운 연주자가 되는 상상을 한다. 골프를 칠 때는 멋진 샷을 날리는 내 모습을 상상한다. 그리고 책을 쓰는 이 순간, 나의 책이 베스트셀러가 되는 상상을 한다. 상상은 나의 삶에 즐거움과 행복을 준다.

나의 지난 상상을 돌아본다. 어렸을 적 상상은 현실에서 일어날 수 없는 동화 속 상상이었다. 직장을 다니며 했던 숱한 상상은 나의 희망사항이었다. 간호사가 된 이후의 상상은 실천하는 상상이었다. 미래의 근사한 내 모습을 상상하는 것은 짜릿한 일이다. 하

253

제5장 _ 요양병원에서 내 삶도 익어가는 중이다

지만 상상만으로는 아무 일도 일어나지 않는다. 상상을 통해 일깨운 잠재의식이 상상을 실현하기 위한 행동으로 이어졌을 때 비로소 상상은 현실이 된다. 상상은 행복의 문을 여는 버튼이자 열쇠이다.

내가 읽은 자기계발서 중 유독 기억에 남는 책은 켈리최의 『웰씽킹』이다. 『웰씽킹』은 경제적 독립을 꿈꾸는 사람을 위한 책이다. 켈리최는 가난한 농가에서 태어나 나와 같은 소녀공 시절을 겪었다. 켈리최는 사업의 실패로 10억의 빚을 지고 죽을 만큼 힘들었지만, 이를 극복하고 연 매출 6,000억의 글로벌 기업 회장이 되었다. 켈리최는 어떤 운도 거저 오지 않는다고 말한다. 위기를 바라보는 태도와 각오를 고쳤기 때문에 운도 다가온 것이라고 말한다. 켈리최는 진정한 부자란 단순히 돈이 많은 사람이 아니라 남을 돕기로 결심하고, 사회적 공헌을 실천하며 인격적으로 완성된 사람이라고 말한다. 『웰씽킹』에는 나이대별 삶의 목적의식이 나온다.

"10대는 학교 공부로 인생을 배워서 자립하는 법을 배운다. 20대는 직업을 가지고 금전적으로 독립하며 다양한 도전과 경험을 쌓는다. 30대는 직업의 롤 모델 또는 멘토에게 배워서 내가 종사하고자 하는 업계의 최고가 되어야 한다. 이는 인생을 복리로 사는 준비 과정이다. 40대는 반드시 업계 최고가 되어 죽을 때까지 먹고살 돈을 벌어야 한다. 50대 이후부터는 봉사하는 기간이다. 내가 얻은 노하우를 세상에 다시 돌려주어야 한다."

모든 사람이 이렇게 살 수 있으면 참 좋겠지만, 사람마다 타고난 달란트가 다르다. 그럼에도 50대인 지금이 봉사하는 기간이라는 것과 내가 얻은 노하우를 세상에 다시 돌려주어야 한다는 것에 깊이 공감한다. 큰 성공만이 성공이 아니다. 내가 이룬 작은 성공도 성공이다. 작은 성공에 기쁨을 누리며 사는 삶도 행복하다. 『웰씽킹』을 읽으며 나도 부자가 되고 싶다는 생각을 했다. 하지만 나는 켈리최처럼 경제적 자유를 누릴 정도의 부자가 되기 어렵다. 나는 돈 그릇이 작은 사람이다. 지금까지 돈을 벌기 위해 일을 해 왔지만, 나에게 돈만큼이나 중요한 건 일의 가치였다. 비록 켈리최처럼 큰 부자는 될 수 없지만, 켈리최가 말하는 진정한 부자의 모습으로 살 수는 있을 것 같다. 사람은 누구나 자신의 삶을 완성하는 과정에서 다른 이의 인생에 다리 역할을 해야 한다고 켈리최가 말했다. 이제는 무언가를 더 가지기 위해 욕심을 부리기보단 작은 것이라도 나눌 줄 아는 삶을 살아야겠다는 생각이 든다.

『웰씽킹』은 내게 많은 교훈을 준 책이다. 책의 내용은 긍정 확언, 목표의 가시화, 행동 습관, 자기암시 등 부를 창조하는 생각의 뿌리가 핵심이지만, 내게 남은 인생 문장은 따로 있다.

> "다른 사람들이 무엇을 말하거나 행동하더라도 선한 의도를 가정하라. 이해가 안 되는 부분은 그냥 존중해야 한다."

나의 초기 블로그명은 '카르페디엠(feat. 선하게 실행하라)'이었다. 지금은 '간호사 그 너머의 삶(feat. 선하게 실행하라)'이다. 타인의 말과 행동에 선한 의도를 가정함과 동시에 나의 행위 또한 선하게 실행할 것임을 다짐하는 문구다.

모든 상황에 선의를 가정하면 마음이 평온해진다. 긍정의 마음으로 멋진 미래를 상상하면 좋은 기운이 샘솟는다. 연 매출 6,000억 대 부자인 켈리최도 죽을 만큼 힘든 시기를 겪었다. 힘들 때 누군가의 위로에 잠시 기댈 수는 있어도 위기를 극복하는 건 결국 자기 자신이다. 내가 내 마음의 주인공이 되어야 내가 내 행복의 주인공이 된다.

미래의 나를 만나다

교육에 있어 체험학습이 주는 효과는 매우 크다. 간호학과의 경우 1,000시간의 실습 시간을 채워야 국가고시에 응할 수 있고 졸업이 가능하다. 1,000시간의 실습 시간을 채웠어도 막상 병원에 투입되면 당황하고 실수를 연발하기 십상이다. 이론적 지식은 경험을 통해 몸으로 익혔을 때 비로소 온전한 앎이 된다. 나는 자궁암 수술을 받으며 제대로 환자 경험을 했다. 그날 이후 환자를 대하는 나의 태도는 확연히 달라졌다. 나는 환자의 신체적 고통뿐만 아니라 마음까지 케어하는 간호사가 되기 위해 항상 노력한다.

노인을 미리 경험해 본 적이 있는가? 미리 경험할 수 있다면 해보겠는가? 나는 해보고 싶었다. 노인이 되면 어떤 느낌일까? 나는 휠체어에 앉아 보았다. 휠체어를 밀어줄 때와는 완전히 다른 느낌이었다. 정말 내가 어딘가 불편한 사람이 된 것 같았다. 휠체어에 앉는 것만으로 나의 심리상태가 변하는 것을 느꼈다. 환자가 자해 혹은 타해의 위험이 있는 경우, 환자의 안전을 위해 팔과 다리를 구속하는 것을 '신체 보호대'라고 한다. 예전에는 '신체 억제대'라고 칭했다. 억제라는 표현이 사람을 억압하는 강제성을 띤다고 하여 '신체 보호대'라는 표현으로 바뀌었다. 나는 침대에 누워 묶여본 적이 있다. 타인에게 통제당하는 느낌에 매우 불쾌했고 수치심까지 느꼈다. 이런 나의 경험은 어쩔 수 없이 환자에게 신체 보호대를 적용하더라도 환자의 고충을 이해하는데 많은 도움이 되었다.

대학원 석사과정 중에 노인 간호학을 수강했다. 교수님은 이론 수업이 시작되기 전, 노인 체험의 중요성을 강조했다. '노인 체험을 어떻게 한단 말이지?'라는 의문이 들었다. 학교에는 노인 체험을 위한 완벽한 세팅이 되어 있었다. 허리가 펴지지 않는 옷, 다리가 굽혀지지 않는 하의, 앞이 잘 안 보이는 안경, 모래주머니가 달린 신발, 지팡이 등 모든 물품을 차례로 장착하고 강의실 복도와 계단을 지나 한 바퀴 돈 후 다시 강의실로 돌아오는 실습을 했다. 앞이 잘 안 보이니 넘어질 것 같은 두려움이 밀려왔다. 다리가 안 굽혀지니 걷기가 불편하고, 계단을 오르내리기가 힘들었다. 허리는 펴지지 않고 몸은 천근만근 무거웠다. 내 한 몸 끌고 다니는 게 이렇게 힘든 일이라니. 그게 바로 노인이었다. 나는 노인이 된 미래의 나를 미리 만나본 것이다.

우리는 '빨리빨리'라는 말을 습관적으로 한다. 성격이 급한 가족은 면회를 와서도 부모님을 다그친다. "거참, 빨리 좀 드시라고요. 옆은 보지 말고 앞만 보고 걸어요. 그러니까 늦지." 요양병원에서 일하는 우리도 종종 그렇다. 할 일이 많을 뿐만 아니라 정해진 시간 안에 해야 하는 일이 대부분이라 마음이 급하다. 욕창 치료를 위해 어르신의 자세를 옆으로 돌리는 데 한참 걸린다. 어르신을 휠체어에 옮겨 앉히는 데 긴 시간이 걸린다. 휴게실까지 모시고 가야 하는데, 어르신은 한 발짝 한 발짝 천천히 걸으신다. 바쁜 업무에 쫓겨 기다리는 마음의 여유가 부족하다. 그럴 때면 노인을 체험했던 그 순간을 떠올리며 맘을 다잡곤 했다.

2018년에는 너싱홈을 방문했다. 너싱홈은 치매, 뇌졸중 등의 만성질환을 앓는 노인들을 위한 전문 요양시설을 말한다. 병원과 가정의 중간 형태로 미국, 일본 등 선진국에서는 이미 보편화된 시설이다. 요양원과 비슷한 형태지만, 너싱홈은 대부분 간호사가 운영한다. 너싱홈은 시골의 한적한 곳에 자리 잡고 있었다. 넓은 부지를 사용하고 있어 시설 안의 공간도 넓었다. 생활하는 병실에는 어르신들이 평소 애착하는 물건들로 채워져 있었다. 어르신들이 직접 화초나 채소 등을 재배할 수 있는 원예 시설도 갖추어져 있었다. 그곳에 계신 어르신들의 표정이 대부분 밝았다.

한 어르신은 처음에는 당신이 버려진 것 같아 화가 났다고 했다. 하지만 이제는 너싱홈에서 신문과 책을 읽고 일기를 쓰며 생활하신다고 했다. 시설 밖을 산책하는 것도 행복하고, 채소를 가꾸는 것도 행복하다고 하셨다. 자식과 같이 살았다면 서로 스트레스만 받았을 거라며 죽을 때까지 그곳에서 지내겠다고 하셨다. 너싱홈이 가장 편안한 당신의 집이라고 하셨다. 어르신은 젊은 시절에 대한 후회가 없다고 하셨다. 열심히 살아온 당신의 삶이 꽤 만족스럽다고 하셨다. 자신의 지난 삶에 충만감을 경험한 어르신은 노후 생활 역시 충만감으로 채워가고 있었다. 돋보기안경에 기대어 책을 읽는 어르신을 보며 나의 미래도 그러하기를 바랐다.

불후의 명곡 미국 특집 '패티김' 편을 본 적이 있다. 패티김은 85세의 노인이다. 외모는 의술의 도움을 받았겠거니 짐작되지만, 패티김의 노래에서 뿜어오는 목소리의 힘, 정확히 전달되는 가사와 거칠어지지 않는 호흡조절 능력은 정말 놀라웠다. 게다가 오롯이 전해지는 노래하는 이의 진심이 담긴 뜨거운 감동은 뭐라 말로 표현하기 어려울 정도로 진한 여운을 남겼다.

나는 요양병원에서 70~90대의 노인들을 매일 본다. 늙어가면서 신체와 정신의 건강을 유지하는 게 쉽지 않음을 알기에, 패티김의 무대는 노래의 감흥을 넘어 늙음에 대한 경이로움을 내게 선사했다. 불후의 명곡 미국 특집은 85세의 패티김에게 마지막이 될지도 모를 대형 무대였다. 패티김은 긴 세월 자신을 버티게 해준 팬들을 바라보며 〈그대 내 친구여〉를 불렀다. 패티김은 자신의 목소리, 표정, 눈물, 손짓과 몸짓 등 온몸에 진심을 담아 노래했다. 그리고 이렇게 말했다. "여러분은 저의 영원한 친구입니다. 오늘 이 무대는 영원히 잊지 못할 것입니다."라고.

패티김의 무대는 나에게도 영원히 잊지 못할 무대로 남았다. 85세의 나이가 믿기지 않는 철저한 자기관리, 자신의 직업인 노래에 대한 열정과 진심, 살아온 세월의 깊이가 더해진 진심이 담긴 노래는 마치 패티김의 인생을 말해주는 것 같았다. '아, 저렇게 나이 들 수만 있다면 더 바랄 게 없겠다.'라는 생각이 들었다. 나도 패티김처럼 자신의 일에 최선을 다하며 멋지게 늙어가야겠다는 결심을 한 순간이었다.

나는 요양병원 간호사로 일하며 노인이 된 나의 모습을 자주 상상한다. 더 정확히는 요양병원에 들어가기 전, 노년의 시간을 어떤 모습으로 살아갈지에 대한 상상이다. 나의 10년 후, 20년 후, 30년 후 나는 어떤 노인이 되어 있을까를 미리 그려보는 것이다. 신기한 건 미래의 내 모습을 상상하다 보면 늙어가는 게 그리 슬프지 않다는 사실이다.

나의 60대는 활발한 사회생활을 하는 시기일 것이다. 나의 사회생활은 간호사로 꾸준히 일하는 것일 수 있다. 사람들에게 힐링을 주는 강의나 강연하는 것일 수 있다. 사이사이 오카리나 연주자로 활동하는 것일 수 있다. 나의 70대는 여전히 사회가 허락하는 한 일을 하고 있을 것이다. 그렇지만 일보다는 봉사활동이 주가 되는 생활을 하고 있을 것이다. 나의 80대 역시 몸이 허락한다면 봉사활동을 꾸준히 다니고 있을 것이다. 나머지 시간은 책을 읽고 글을 쓰며 지내고 있을 것이다.

나에게는 할머니에 대한 로망이 있다. 노년의 나의 꿈은 사랑스럽고 귀여운 할머니가 되는 것이다. 내겐 최소 70대 이상 할머니가 되었을 때 하고 싶은 버킷리스트가 있다. 첫 번째는 전국노래자랑에 출연하여 춤을 추며 노래하는 것이다. 두 번째는 길거리에서 오카리나 버스킹을 하는 것이다. 세 번째는 외국인 친구와 영어 대화를 나누는 것이다. 노년기에 접어들면 뭘 해도 다 아는 것처럼 뻔하게 느껴지고 별 재미도 없으며, 새로운 것에 도전하기보다는 편하게 안주하게 된다고 했다. 자신이 정해놓은 틀 안에 편하게 있길 바라고 변화를 싫어한다고 했다. 나는 흔하게 규정지어지는 노인으로 살고 싶지 않다. 나는 할머니가 되어서도 나이에 연연하지 않고 일상에 도전하는 삶을 살길 원한다. 위에 적힌 세 가지의 버킷리스트를 굳이 70대 이후에 하고 싶은 일로 정한 건 그런 이유 때문이다.

06

카르페 디엠을 실천하다

　많은 사람이 한때 떼창으로 외치던 '카르페 디엠
(Carpe diem)'은 '지금 살고 있는 이 순간에 충실하라. 현재를 즐겨
라. 오늘을 붙잡아라.'라는 뜻의 라틴어이다. 누군가는 '다가오지
않은 미래 때문에 지금의 행복을 포기하지 말라.'는 의미로 해석
하고, 누군가는 '결과에 상관없이 매 순간 충실하라.'는 의미로 해
석한다. 나에게 카르페 디엠은 '지금 내가 하고 싶은 일을 하는 것,
내게 성취감을 주는 무언가에 몰두하는 것'이다.

나는 즉흥적인 성향의 사람이다. 미리 계획을 세우긴 하지만 꼼꼼
하지 않고 듬성듬성하다. 대충 설계하고 실행하면서 그때그때 수
정한다. 누군가 안부가 궁금하면 망설임 없이 전화를 건다. 누군
가 추천한 책이 마음에 들면 그 자리에서 바로 주문한다. 여행을

갈 때 목적지를 정하고 가기보다 순간적으로 떠오르는 곳을 향한다. 어떤 일에 도전해 보고 싶으면 즉시 시작한다. 아마 이런 나의 성향 덕분에 나의 삶이 더 버라이어티(variety)했는지도 모른다. 대신 지금껏 살아오는 동안 지루할 틈이 없었다.

나는 박사과정에 입학했었다. 석사학위를 받고 나니 지식 공부의 정점을 찍고 싶은 욕심이 생겼다. 박사과정 동기들 대부분은 교수가 되기 위해 입학한 사람들이었다. 나는 교수가 되고 싶은 마음이 없었다. 겸임교수로 만족했고, 병원을 떠나 현장 경험 없이 지식 위주의 강의를 하고 싶지 않았다. 나는 경험을 통해 터득하는 앎을 좋아한다. 박사과정을 밟으며 한 학기 동안 학교 강의만 하며 지내보았다. 강의 자료를 만들고, 학생을 가르치고, 연구 주제를 고민했던 이 시기가 나는 즐겁지 않았다. 박사과정 동기들은 졸업 후 전임 교수의 길을 가기 위해 고민했지만, 나는 병원으로 돌아가고 싶어졌다. 고민 끝에 나는 자퇴서를 제출하고 지금의 병원에 취업했다. 나는 언제나 나의 선택과 결정에 충실한 삶을 산다.

행복이란 무엇일까? 행복은 '생활에서 충분한 만족과 기쁨을 느끼어 흐뭇함. 또는 그러한 상태'를 말한다. 나는 지금 행복하다. 하지만 뭔가 허전하다. 인간은 걱정 없이 편안한 상태를 원하지만, 평온하고 안정적인 상태에서는 무언가 부족함을 느끼는 존재이다. 매슬로우가 말한 것처럼 인간은 단계별 욕구를 끊임없이 추구하고 싶어 하기 때문이다. 돈과 시간적 여유가 아무리 많더라도 인간은 그것만으로 행복하다고 느끼지 않는다. 인간은 행복한 감정이 최고조에 이르러 쾌락의 도파민이 분비될 때의 강렬한 감정을 원한다. 인간은 도전하고 성취하며 살아가는 존재다.

미국의 심리학자 마틴 셀리그만은 긍정 심리학에서 인간의 진정한 행복과 안녕감의 필요조건으로 다섯 가지 요소를 제시했다. 첫째는 긍정 정서이다. 기쁨, 희열, 자신감 등 긍정적인 감정을 느끼는 것을 의미한다. 둘째는 몰입이다. 어떤 활동에 자발적으로 빠져들어 시간 가는 줄 모르는 경험이다. 셋째는 긍정 관계이다. 인간관계에서 오는 즐거움과 행복을 말한다. 넷째는 의미이다. 인생의 의미와 목적을 추구하는 과정이 중요하다고 여긴다. 다섯째는 성취이다. 성취와 성공을 추구하며, 이를 통해 삶의 만족도를 높인다. 긍정 심리학은 인간이 다양한 사회활동을 통해 기분 좋은 감정을 느끼면서 행복을 추구하는 존재임을 알려준다.

나의 배움에 대한 욕구는 결핍에서 출발했다. 그리고 배움을 통해 알게 되었다. 나의 결핍은 행복하고 싶어 하는 인간의 기본적인 욕구라는 것을. 나만 삶을 전투적으로 치열하게 산 게 아니라,

인간은 누구든 성취감을 느끼기 위해 열정적으로 산다는 것을 말이다.

얼마 전 배우 차인표 님이 작가라는 사실을 처음 알았다. 차인표 님은 2021년 『언젠가 우리가 같은 별을 바라본다면』이라는 소설책을 출간했다. 이 책은 위안부에 끌려간 우리의 할머니 이야기로 장장 10년에 걸쳐 완성한 소설이라고 한다. 이 책은 출간 이후 영국 명문 옥스퍼드 대학 필독서로 지정되었다. 그 외에도 차인표 님은 『잘가요 언덕』, 『오늘 예보』, 『인어 사냥』이라는 책을 출간했다.

나는 차인표 님이 위안부 관련 소설을 쓰게 된 계기가 궁금했다. 마침 유퀴즈 영상이 올라와 있어서 볼 수 있었다. 차인표 님은 1997년 집에서 뉴스를 보던 중 캄보디아에서 발견된 '훈 할머니'가 김포공항으로 입국하는 장면을 보게 되었다고 한다. '훈 할머니'는 1942년 열여섯에 일본군 위안부로 끌려갔다가 캄보디아에 버려진 후 55년 만에 한국을 방문한 것이다. 차인표 님은 '훈 할머니'를 보는 순간, 위안부 할머니에 대한 슬픔과 일본에 대한 분노, 여성을 지켜주지 못한 부끄러움을 느꼈다고 했다. 차인표 님은 '위안부 할머니가 모두 돌아가시고 나면 아무도 이 이야기를 해줄 사람이 없겠구나. 그럼, 다음 세대한테는 누가 이 이야기를 해주지?'라는 생각과 함께 위안부 할머니들의 마음을 조금이라도 편하게 해 드리고 싶어 소설을 쓰기 시작했다고 한다.

차인표 님은 소설을 쓰는 내내 "쓰지 마. 포기해. 이걸 누가 읽는다고 쓰고 있니? 그냥 연기나 열심히 해."라는 유혹과 싸웠다고 한다. 차인표 님은 포기하고 싶은 마음이 들 때마다 어머니와 이메일을 주고받으며 힘을 얻었다고 했다.

"인표야, 작가에게 있어서 상상력은 아주 중요한 거지만, 사실에 입각하지 않은 상상력은 모래 위에 쌓은 성과 같다."

차인표 님은 소설을 쓰기 위해 작문법을 공부함과 동시에 어머니의 말씀에 따라 2006년 소설의 배경이 되는 백두산에 직접 올랐다고 한다. 이후 위안부 피해 할머니들이 계신 '나눔의 집'에도 다녀오는 등 꾸준히 자료를 조사하고 기록하여 10년 만에 소설을 완성할 수 있었다고 한다.

차인표 님은 자신의 책이 옥스퍼드 대학 필독서로 지정된 것에 대해서도 이렇게 말했다. 한국에 잘 알려지지 않은 훌륭한 작가들이 너무나 많고 좋은 작품도 많은데, 자신의 책이 선정된 이유는 자신이 글을 잘 써서가 아니라, '위안부 할머니'라는 소재 때문이라고 했다. 차인표 님은 영상의 끝에 또다시 어머니에 대한 이야기를 남긴다. 어머니가 고구마 농사를 지으시는데, 그해 수확한 것 중에 제일 좋은 것들을 따로 모아서 다음 해에 심을 종자로 삼으신다고. 종자가 좋아야 결국 좋은 결실을 맺는 것이라고.

차인표 님의 집필 스토리는 나를 부끄럽게 만들었다. 나에게 차인표 님은 그저 잘생긴 배우이자, 신애라의 남편으로 각인되어 있었다. 겉으로 보이는 모습이 그 사람의 전부가 아니라는 것을, 편협된 시각으로 사람을 판단하지 않아야 한다는 것을 다시 한번 깨닫는 계기가 되었다. 또한 현재 글을 쓰는 나에게 따끔한 질타를 던지는 고마운 존재로 다가왔다. 진실한 글쓰기란 어떤 것인지, 어떤 자세로 글쓰기에 임해야 하는지에 대한 깊은 가르침을 주었다.

진정한 카르페 디엠이란 이런 게 아닐까? 차인표 님이 결과에 연연하는 책을 썼더라면 10년 간의 긴 시간을 견디지 못했을 것이다. 세상의 어떤 유혹에도 흔들리지 않는 자신만의 굳은 신념과 하고자 하는 일의 근원적인 목적을 잃지 않는 것, 이것이야말로 현재의 자신에게 충실한 카르페 디엠의 길이라고 생각한다. 나는 지금 나를 위한 헌정의 책을 쓴다. 그간의 내 삶을 돌아보며 스스로에게 수고했다는 말을 해주고 싶었다. 나보다 더 힘든 시기를 잘 견뎌내고 자신의 길을 묵묵히 걸어가는 훌륭한 분이 많다는 것을 안다. 그들에 비해 나의 지난 시간은 평범한 삶일 수 있다. 그럼에도 나는 나만이 느끼는 내 삶의 주관적 힘듦을 잘 헤쳐온 내가 대견하다. 그런 나를 칭찬하고 싶어 글을 쓴다. 나는 삶의 매 순간 나 자신에게 집중하고 오롯이 나를 위해 살아간다. 과거에 대한 후회, 미래에 대한 걱정으로 시간을 낭비하지 않는다. 바로 지금 여기에서 내가 하고자 하는 일에 최선을 다하며 하루하루 충실히 살아간다. 이것이 나의 카르페 디엠이다. 다만 나의 모든 행위에 선한 의도를 가정하기에, 내 행위의 결과가 결국 타인에게 선한 영향력으로 전파되길 바랄 뿐이다.

〈가슴이 벅차오를 때까지〉

그저 잘살아 보겠다며
열심히 사는 게 어떤 건지도 모르고
열심히만 살더라.

아무리 열심히 살아도
주머니가 가벼웠던 시절엔
모든 건 마음 먹기에 달린 거라며

스스로에게 행복의 가면을 씌워

애써 위로하더라.

열심히 산 세월이 쌓여

주머니가 두둑해지고서야

달라진 얼굴빛에

자본주의의 진정한 행복이

듬뿍 묻어나더라.

돈이란 건

없으면 불행하지만

일정 수준을 넘으면

행복을 갈음하는 조건이 아니라며

자본주의의 행복 말고

진정한 그 무언가를 찾겠노라

또다시 헤매더라.

잘 산다는 건

나를 위한 질주가 아니라
너와 나 함께 어우러져
서로의 성장을 돕는 거라며
가진 것을 기쁜 맘으로 나누더라.

너를 기쁘게 하는 것과
우리의 기쁨을 만들어가는 게
진정 가치 있는 삶이구나.
이게 진짜 행복이구나.
가슴이 벅차오른다 하더라.
뭉클하고 뜨겁게

07

간호사라서 다행이다

　　부모들 대부분은 자식이 좋은 직업을 갖기를 바란다. 부모가 바라는 좋은 직업이란 몸이 덜 힘들고 돈을 많이 버는 일이다. 우리나라 부모들의 교육열은 여전히 높다. 자식을 많이 가르쳐 좋은 학교를 졸업시키고, 좋은 직장에 취직할 때까지 물심양면으로 뒷바라지한다. 부모는 아이에게 "너는 커서 뭐가 되고 싶니?"라는 질문을 한다. 하지만 아이의 대답은 묻힌 채 부모의 기대에 맞추어 진학과 진로가 결정되는 경우가 많다.

나의 부모님은 내게 무엇이 되고 싶냐는 질문을 한 적이 없다. 먹고 사는 데 집중된 삶은 그러하다. 그저 열심히 일하는 것 말고는 관심을 가질 여력이 없는 삶이었다. 나는 어릴 적부터 간호사가 꿈이었다. 하지만 아무도 나의 미래에 관심이 없었다. 그저 알아서 밥벌이만 해도 잘 컸다는 소리를 들으며 살았다. 고등학교 진학도 어려웠던 그 시절, 대학은 먼 나라 이야기였다. 하지만 나는 끝내 나의 꿈인 간호사가 되었다. 환자의 질병을 치료하는 사람은 의사지만, 환자를 보살피는 사람은 간호사다. 환자(사람)를 보살피는 일은 숭고한 일이다. 기본적으로 인간 존중과 봉사의 마음이 깔려 있어야 한다. 간호사가 적성에 잘 맞는 사람들을 보면 대체로 사람을 좋아하고, 이타적인 마음이 크다는 것을 알 수 있다.

우리가 일을 하는 이유는 크게 세 가지다. 첫 번째는 먹고 살기 위해서이다. 안타깝지만 비중이 가장 크다. 먹고 살기 위해 원하지 않은 일을 하기도 하고, 힘든 일을 꾹 참으며 해내기도 한다. 두 번째는 직업을 통한 성장 욕구를 얻기 위함이다. 일을 통해 사회적 지위를 높이고 자신만의 성공을 지향한다. 세 번째는 자아실현의 욕구를 충족하기 위해서이다. 사람은 자신이 좋아하는 일을 하면서 만족과 행복을 얻기를 원한다. 자신이 좋아하는 일에서 최고가 되었을 때 느끼는 성취감은 이루 말할 수 없는 기쁨이다. 나는 먹고 살기 위해 간호사로 일한다. 간호사로 일하며 수간호사와 겸임 교수로 성장했다. 나는 내가 좋아하는 일을 하며 희열을 느낀다. 이만하면 나는 정말 행복한 사람 아닌가? 내가 간호사가 되지 않았더라면 지금의 나는 없었을 것이다.

나는 주변 사람들에게 간호사라는 직업을 적극 추천한다. 한때 간호사가 의사의 부속품 정도로 여겨지던 시절이 있었다. 아무래도 의사의 처방에 따라 수행해야 하는 업무가 많다 보니 아직도 이런 인식은 완전히 사라지지 않은 듯하다. 하지만 자신의 직업에 대한 위상은 사회가 만들어 주는 것이 아니다. 그 일을 하는 사람들이 당당한 직업의식을 가지고 본연의 업무에 최선을 다하다 보면 위상은 저절로 세워진다.

간호학과를 졸업하고 간호사 국가고시에 합격하면 간호사가 된다. 간호사는 간호사로서 할 수 있는 최소의 업무다. 병원 임상이 적성에 잘 맞는 간호사는 병원 일을 하면 된다. 병원 안에서도 자신에게 맞는 분야를 선택할 수 있다. 일반 병동, 수술실, 응급실, 중환자실, 분만실/신생아실, 외래, 주사실, 인공신장실 등 다양한 부서에 지원할 수 있다. 간호사의 업무 범위 또한 넓다. 일반 간호사, 교육 간호사, 환자 안전 간호사, 감염관리 간호사, PA 간호사 등 여러 업무에 도전해 볼 기회가 있다.

병원 밖으로 시야를 확장하면 간호사가 할 수 있는 일은 더 많아진다. 건강 관련 회사나 국민건강보험공단, 근로복지공단, 적십자사 등의 관공서에 지원할 수 있다. 유치원이나 학교의 보건교사, 간호학원과 요양보호사 학원의 강사, 보건 간호사, 방문 간호사, 연구 간호사, 의료기기 전문 간호사, 더 나아가 간호학과 겸임 교수, 전임교수의 길을 갈 수도 있다. 또한 간호조무사나 요양보호사 교육기관, 산후조리원, 재가요양센터, 주간보호센터, 요양원 등의 창업에 도전해 볼 수 있다. 미국 간호사 자격증을 취득하여 외국으로 진출하는 간호사도 있다. 본인의 노력 여부에 따라 간호사가 할 수 있는 일의 범위는 정말 넓다.

간호사를 3D(Difficult_어렵고/Dirty_더럽고/Dangerous_위험한) 직업으로 분류하는 사람도 많다. 나도 어느 정도 공감하는 부분이다. 사람의 생명을 다루는 일인데 쉬울 리 없다. 병원은 환자를 위해 24시간 가동된다. 3교대 근무를 견디려면 간호사는 기본적인 체력이 받쳐주어야 한다. 게다가 아픈 사람을 상대하는 일은 감정적 소모가 크기 때문에 상당한 에너지가 필요하다. 별난 보호자라도 만나는 날엔 일보다 정신적으로 먼저 지친다. 가끔 매스컴에 나오는 사건에서 보듯 위험한 상황에서 간호사를 지켜줄 안전장치는 없다. 환자나 보호자의 인권은 운운하면서 정작 간호사의 인권은 지켜지지 않는 현실이다. 그렇지만 점점 의료 현장은 더 나은 방향으로 개선될 것이라는 희망을 잃지 않으려 한다. 환경을 탓하고, 정책을 비판하고, 사회를 원망한다고 해서 달라질 건 없을 테니 말이다.

구글에서 8년 근무 후 퇴사하여 언바운드랩데브 대표가 된 조용민 님은 일 잘하는 사람의 세 가지 특성에 대해 언급했다. 첫 번째는 직장이나 현업에서 힘 조절을 하지 않는 것이다. 그는 월급 받는 만큼만 일하겠다는 마음으로 일에 대한 힘 조절을 하지 않아야 된다고 했다. 모든 일에 힘 조절을 하지 않아야 문제해결이 유연해진다는 것이다. 두 번째는 자기 한계에서 한두 스텝 더 디뎌 보는 사람이 되라고 한다. MBTI나 타인의 충고에 갇혀 자신의 한계를 한정 짓지 않는 것이다. 세 번째는 관점에 있어서 경계가 없는 사람이 되라는 것이다. 세상이 정해놓은 보편적인 형식의 틀을 벗어나는 관점의 확장이 필요하다는 것이다. 이것은 단순히 일에만 적용되는 것이 아니라, 우리가 살아가는 삶의 태도와도 연결이 된다.

나는 나의 직업을 사랑한다. 나는 내가 간호사여서 정말 행복하다. 오래도록 간호사로 일하고 싶다. 아마 어르신들과 함께 늙어가는 간호사로 살게 될 것이다. 하지만 나는 간호사라는 틀에 갇혀서 살고 싶지 않다. 나는 하고 싶은 게 많다. 돈을 많이 벌고 유명해지는 삶을 원하는 게 아니다. 일상에서 내가 할 수 있는 것을 실천하며 행복을 만끽하는 삶을 살고 싶다. 병원에 계신 어르신들을 위해 노래하는 간호사, 춤추는 간호사, 오카리나 부는 간호사,

봉사하는 간호사가 되고 싶다. 그리고 오롯이 나를 위해 블로그 하는 간호사, 책 쓰는 간호사, 강의하는 간호사, 영어 하는 간호사로 살고 싶다. 나는 내가 하고 싶은 모든 일에 힘 조절을 하지 않을 것이다. 매 순간 최선을 다하며 내게 주어진 인생을 즐길 줄 아는 간호사로 살아갈 것이다.

〈벚꽃 엔딩〉

찬바람에 움츠렸던 꽃망울이
따스한 햇살에 활짝 가슴을 연다.

너도나도 뒤질세라 꼬까옷 차려입고
'나 좀 봐줘' 뽐을 낸다.

활짝 핀 나를 보며 웃어주길
벚꽃 날리는 이 길을 걸으며 행복하길

산들바람이 귓등에 속삭이는 말
마음의 온도를 데워 봐

그대 마음속 꽃씨 하나

흐드러지게 피어나게

지금 내 마음은 싹 트는 봄인가?

한껏 예쁨을 뽐낸 꽃잎이 떨어진 후라야

신록의 싱그러움이 펼쳐진다는 걸

봄, 여름, 가을, 겨울

너와 나의 희, 로, 애, 락

인생의 사계절이 흐른다.

벚꽃 엔딩은 또 다른 시작이다.

나는 나의 직업을
사랑한다.

나는 내가 간호사여서 정말 행복하다.
오래도록 간호사로 일하고 싶다.
아마 어르신들과 함께 늙어가는
간호사로 살게 될 것이다.